Nachhaltigkeit liegt uns am Herzen.

Hergestellt in Deutschland
Gedruckt auf FSC®-Papier
Lösungsmittelfreier Klebstoff
Drucklack auf Wasserbasis

Natürlich

magellan

Christiane Rittershausen

Mari – Mädchen aus dem Meer

Der Geheimbund des Nautilus

Mari – Mädchen aus dem Meer

Band 1: Das Schildkröten-Orakel
Band 2: Das Amulett des Poseidon
Band 3: Der Geheimbund des Nautilus

Christiane Rittershausen

MARI

Mädchen aus dem Meer

Der Geheimbund des Nautilus

Mit Illustrationen von Nina Dulleck

magellan

Inhalt

Prolog

Almaris. Mehr als zwei Jahre lang hatte sie ihre geliebte Stadt nicht mehr gesehen. Und nun lag sie vor ihr, wunderschön wie eh und je und in türkisgrünes Licht getaucht. Zu dieser nächtlichen Stunde waren auf dem Marktplatz nur noch sehr wenige Bewohner unterwegs und die meisten Reklametafeln abgeschaltet. Ein bärtiger Mann schwamm mit seinem Kugelfisch Gassi, und ein einsamer Straßenmusiker sang wehmütige Lieder.

Penelopes Blick wanderte zum Palast, dessen Kuppel in der Ferne zu sehen war, und ihr Herz wurde eng. Wie gerne wäre sie direkt dorthin geschwommen, um Wunibald und Mari endlich wieder in die Arme zu schließen. Aber das ging nicht. Und Mari war sowieso nicht hier.

Eine alte Dame bog mit ihren fünf Seepferdchen um die Ecke, und Penelope drehte sich rasch zur Seite, um nicht von ihr gesehen zu werden. Sie trug zwar unauffällige Kleidung und hatte die Kapuze tief ins Gesicht gezogen, aber sicher war sicher. Nachdem die Frau vorbeigeschwommen war, setzte Penelope ihren Weg fort.

Das kleine Wohngebiet war menschenleer. Alles schlief, nur ein paar winzige Leuchtkrebse ließen sich gemächlich im Wasser treiben. Sie passierte die Siedlung unbemerkt und hielt auf das schneckenförmige Gebäude zu: die Bibliothek von Almaris. Sie hatte schon viele Stunden hier verbracht, und doch war sie jedes Mal aufs Neue beeindruckt von der schieren Anzahl an Büchern und dem Wissen, das hier gesammelt war. Aber heute war sie nicht wegen der Bücher hergekommen.

Leise schob sie den Schlüssel ins Schloss der runden Tür. Zum Glück hatte sie damals eine Kopie davon angefertigt. Penelope schwamm zielstrebig in den runden Raum mit den violetten Seesternen. Sie kannte das Gebäude wie ihre Westentasche. Vorsichtig glitt sie an der Wand nach oben und lauschte. Aus dem Zimmer über ihr drang Runas gleichmäßiges Schnarchen. Penelope tauchte nach oben und tastete sich langsam vorwärts, bis sie mit der linken Hand einen Gegenstand berührte. Eine leere Pralinenschachtel. Sehr gut, ihr Plan war also aufgegangen. Runa war einfach zu berechenbar. Die ausgeprägte Schwäche der Qualle für Schnapspralinen war allgemein bekannt, deswegen hatte Penelope ihr heute Morgen ein kleines Geschenk zukommen lassen. Diese Pralinen hatten es in sich – sie waren nicht nur mit Schnaps, sondern auch mit einem Tiefschlafserum gefüllt. Da Runa offenbar nicht hatte widerstehen können und die ganze Packung auf einmal gegessen hatte, würde sie garantiert nichts mitbekommen.

Leider war es hier oben ziemlich dunkel. Jetzt im Schlaf ging von der Qualle nur ein ganz schwaches violettes Leuchten aus, das kaum wahrnehmbar war. Ob sie es wagen konnte, etwas Licht zu machen? Vorsichtig zog Penelope eine Taschenlampe hervor und ließ den Lichtkegel durch den Raum gleiten. Er streifte eine kleine, verschlossene Holzschatulle. Darin musste sich das Amulett befinden. Ah, und dort hinten lag Runa in ihrer Hängematte. Ihre unzähligen Tentakel baumelten schlaff herab, und sie schnarchte wie eine Weltmeisterin.

Leise glitt Penelope auf die schlafende Qualle zu. Sie wusste, dass Runa den Schlüssel zu der Truhe unter ihrem Kopfkissen aufbewahrte. Sie musste ein wenig schmunzeln. Als ob das ein sicherer Ort wäre! Jedenfalls nicht für jemanden mit ihren Fähigkeiten.

Ganz sachte schob sie eine Hand unter das Kissen. Die Qualle bewegte sich, und Penelope hielt kurz inne. Doch dann drehte Runa sich auf die andere Seite und schnarchte weiter. Penelope atmete auf und konzentrierte sich wieder auf ihr Vorhaben. Behutsam befühlte sie den festen Stoff der Hängematte. Da berührten ihre Finger kühles Metall. Der Schlüssel!

Langsam und immer bedacht darauf, die Qualle nicht zu wecken, zog sie ihre Hand wieder zurück. Geschafft.

Nun war die Schatulle dran. Runa schlief zwar wie ein Stein, aber Penelope wollte trotzdem kein unnötiges Risiko eingehen. Sie sperrte das Schloss auf und hob den Deckel Millimeter um Millimeter an, um zu verhindern, dass die Scharniere quietschten.

Dort lag es, auf blauem Samt gebettet: das Amulett des Poseidon. Mari und ihre Freunde hatten es der Meerhexe Xulayla abgenommen, aber nicht einmal die hatte gewusst, wozu das Amulett wirklich imstande war. Welch ein Wink des Schicksals, dass es ausgerechnet hier in Almaris gelandet war.

Kurz überkamen sie Zweifel, ob das, was sie gerade machte, richtig war. Aber es war ihre einzige Chance. Sie musste es tun.

Vorsichtig nahm Penelope das Schmuckstück heraus, wickelte es in ein weiches Tuch und steckte es ein. Dann zog sie aus ihrer Tasche ein zweites Amulett, das dem ersten zum Verwechseln ähnlich sah, und legte es an seiner Stelle in die Schatulle. Niemand würde den Unterschied bemerken.

Nachdem sie wieder abgeschlossen hatte, machte sie sich daran, den Schlüssel zurück an seinen Platz zu legen.

Doch gerade als sie ihre Hand wieder zurückziehen wollte, riss Runa die Augen auf. »Penelope?«, rief sie verwirrt.

Oh nein! Vielleicht hatte sie das Tiefschlafserum zu sparsam dosiert? Jetzt bloß nicht die Nerven verlieren, sonst wäre alles umsonst gewesen.

»Ganz ruhig, Runa«, sagte Penelope sanft und streichelte über den glibberigen Quallenkopf. »Du träumst nur.«

»Ach so.« Runa seufzte und ließ sich wieder in ihre Hängematte sinken. Kurz darauf schnarchte sie weiter.

Puh, das war gerade noch mal gut gegangen. So leise sie konnte, trat Penelope den Rückzug an. Nachdem sie sich nach unten getastet hatte, schloss sie sorgfältig die Tür ab und schwamm zurück in die Richtung, aus der sie gekommen war, und wieder hinaus ins tiefe, weite Meer.

Sie blickte nicht zurück.

Eine
seltsame
Entdeckung

Was, denkst du, will Klaus uns so Wichtiges zeigen?«, fragte Lena ihren Zwillingsbruder Fritz ein wenig atemlos. Die beiden waren mit den Fahrrädern auf dem Weg zu ihrem Onkel. Die Nachmittagssonne schien durch die Bäume, und sie traten so schnell in die Pedale, dass die herbstliche Landschaft nur so an ihnen vorbeirauschte.

»Keine Ahnung, aber er klang vorhin am Telefon ziemlich aufgeregt«, keuchte Fritz. Obwohl es bereits Mitte Oktober war und orangerotes Laub den Fahrradweg säumte, war es noch immer ungewöhnlich warm, und er schwitzte in seiner Jacke.

Onkel Klaus lebte in einer winzigen Hütte ganz am Rand von Einöd am Meer, wo Fritz und Lena mit ihren Eltern wohnten. Er war Meeresbiologe und hatte zusammen mit den Kindern schon einige Abenteuer erlebt – wenn auch eher unfreiwillig.

»Schade, dass Mari keine Zeit hat«, sagte Fritz nachdenklich, als sie ihre Fahrräder an den Zaun vor Klaus' Hütte lehnten.

Lena runzelte die Stirn. »Ich möchte wirklich gerne wissen, was mit ihr los ist. In letzter Zeit verhält sie sich irgendwie komisch.«

Mari war die beste Freundin von Fritz und Lena und nur wenige Leute kannten ihr Geheimnis: Mari war nämlich eine Meerprinzessin, und ihr Zuhause, die Stadt Almaris, lag tausend Meter tief unter der Meeresoberfläche. Normalerweise unternahmen sie immer viel zu dritt oder auch zu viert mit ihrem neuen Kumpel Konstantin, aber in den letzten zwei Wochen hatte Mari nicht viel Zeit gehabt.

»Sie hat gesagt, dass sie für Englisch lernen muss«, meinte Fritz achselzuckend.

»Und das kaufst du ihr ab?« Lena sah ihren Bruder an. »Das ist doch totaler Blödsinn. Mari hat in der letzten Arbeit eine Zwei geschrieben.«

Fritz zog die Augenbrauen hoch. »Für dich wäre eine Zwei doch ein halber Weltuntergang.«

Lena streckte ihm die Zunge heraus und stapfte zur Haustür.

Insgeheim hatte Fritz allerdings auch das Gefühl, dass

mit Mari etwas nicht stimmte. Fast kam es ihm so vor, als ginge sie ihnen absichtlich aus dem Weg. Ob es etwas mit ihrer Mutter zu tun hatte? Sie war vor zwei Jahren ohne ein Wort spurlos verschwunden, und erst vor Kurzem hatte Mari diesen geheimnisvollen Brief von ihr erhalten. Fritz wusste nicht, was darin stand, und als er Mari gefragt hatte, war ihre knappe Antwort gewesen, das sei »privat«. Danach hatte er sich nicht getraut, weiter nachzubohren. Trotzdem machte er sich Sorgen. Dieses Verhalten sah Mari überhaupt nicht ähnlich. Wenn einer von ihnen Probleme hatte, dann redeten sie normalerweise darüber.

»Vielleicht hat sie ja einen Freund.« Lena grinste ihren Bruder an.

»Quatsch«, sagte Fritz, obwohl er einen unangenehmen Stich in der Brust verspürte. »Das hätte sie uns bestimmt erzählt«, fügte er schnell hinzu, bevor seine Schwester noch auf die Idee kam, er sei eifersüchtig. Dann stieß er die Haustür auf. »Hallo, Klaus, wir sind's!«, rief er.

Im Haus war es dunkel, und sein Onkel war nirgends zu sehen. Von irgendwoher hörte er ein Blubbern.

Fritz und Lena sahen einander an. Fritz versuchte es noch einmal, diesmal lauter: »Hallooooo, Klaus!«

»Ah, na endlich!«, rief eine Stimme, die von tief unten zu kommen schien.

»Wo steckst du denn?«, fragte Lena.

»Im Keller. Los, kommt runter!«

Sie stiegen hintereinander die steile Kellertreppe hinab. Auf halber Strecke blieb Fritz mit dem Fuß an einem Karton hängen, der auf einer der Stufen stand. Er konnte sich gerade noch am Geländer festhalten und fluchte leise. Ordnung zählte leider nicht zu den Stärken ihres Onkels.

Unten angekommen, sah er einen bläulichen Lichtschein aus einem Raum rechts der Treppe. Ein bisschen fühlte Fritz sich an den letzten Besuch bei Runa, dem Orakel von Almaris, erinnert – nur dass das Leuchten im Keller von einer Lampe stammen musste, die sein Onkel installiert hatte.

Er hatte sich hier unten ein kleines Labor eingerichtet, um nicht jeden Tag so weit mit dem Auto fahren zu müssen. Das Institut für Ozeanforschung, wo er zweimal die Woche als Dozent arbeitete, lag etwa sechzig Kilometer entfernt in der nächsten größeren Stadt Tründen.

»Kommt her, das müsst ihr euch unbedingt ansehen!«, rief Klaus jetzt.

Abgesehen von der blauen Lichtquelle, war es dunkel, was den Raum etwas unheimlich wirken ließ. Zögerlich betraten Fritz und Lena das Labor, wo Klaus sich gerade über ein großes Aquarium beugte.

»Wirklich erstaunlich …«, murmelte er dabei nachdenklich.

Als die Zwillinge näher kamen, konnten sie sehen, dass der Lichtschein aus dem Becken kam. Und darin schwamm etwas Lebendiges umher. Fritz reckte den Hals, um besser sehen zu können. Es war eine Art kleiner Tintenfisch, ungefähr so groß wie Fritz' Handfläche. In seinem runden Kopf saßen zwei riesige Kulleraugen, aus denen er die Neuankömmlinge neugierig anblickte. Fritz zählte sieben winzige Fangarme mit unzähligen Mini-Saugnäpfen. Das Tier war beinahe durchsichtig, doch das Verblüffende war, dass das blaue Leuchten nicht von irgendeiner Lampe ausging, sondern von dem Tintenfisch selbst.

»Der ist ja niedlich!«, rief Lena entzückt.

Das Tierchen hüpfte im Wasser aufgeregt auf und ab, als hätte es ihre Worte verstanden. Dann drehte es sich einmal um die eigene Achse und spuckte ein kleines Tintenwölkchen.

»Er freut sich.« Klaus lächelte.

»Wo kommt der denn her, und wie heißt er?«, wollte Fritz wissen.

Klaus sah die Zwillinge an und hob die Schultern. »Tja, wenn ich das so genau wüsste! Ein Tourist hat ihn gestern am Strand gefunden und zu mir gebracht. Erst war der Kleine ziemlich schlapp, und ich dachte, er lebt vielleicht nicht mehr lange. Ich habe ihn dann gefüttert und erst mal in Ruhe gelassen, und als ich ihn heute Morgen untersuchen wollte, war er plötzlich quietschfidel. Und schaut mal, er ist biolumineszent!«

»Bio-*was*?«, fragte Lena nach.

»Das bedeutet, dass er selbst Licht erzeugen kann. Wie zum Beispiel ein Glühwürmchen«, sagte Fritz, der sich darüber freute, ausnahmsweise mal mehr zu wissen als seine Schwester. Er beschäftigte sich schon lange mit dem Meer und seinen Bewohnern und träumte heimlich davon, später einmal in Klaus' Fußstapfen zu treten. Leider brauchte man dafür gute Noten in den Naturwissenschaften, und da sah es bei Fritz nicht besonders rosig aus.

»Ganz genau«, bestätigte Klaus. »Es gibt einige Meeresbewohner, vor allem in der Tiefsee, die das können. Aber dass ein solches Lebewesen in Küstennähe auftaucht, ist ausgesprochen selten. Hinzu kommt, dass mir diese Art Tintenfisch noch nie zuvor begegnet ist. Auch in der Fachliteratur wird sie nicht erwähnt.« Er machte eine kurze Pause und sah Fritz und Lena an, bevor er weitersprach. »Wenn mich nicht alles täuscht, haben wir es hier also mit einer bis dato unentdeckten Spezies zu tun.«

Trotz der dunklen Ringe unter seinen Augen wirkte Klaus kein bisschen müde, sondern strahlte über das ganze Gesicht. Fritz kannte diesen Ausdruck. Wenn sein Onkel sich so verhielt, war er entweder frisch verliebt, oder er hatte eine neue Entdeckung gemacht, die ihn völlig begeisterte. Er konnte dann tage- und nächtelang über seiner Forschung brüten und vergaß dabei fast, dass er ab und zu auch schlafen und essen musste.

»Sein Lebensstil kann einfach nicht gesund sein«, sagte Fritz' und Lenas Mutter oft über ihren Bruder. »Er braucht endlich mal eine Frau, die sich richtig um ihn kümmert und ihm vernünftiges Essen kocht.«

Fritz fand, dass man es mit gesundem Essen auch übertreiben konnte. Die Sellerie-Seitan-Schnitzel, die Mama heute gemacht hatte, waren zäh wie Schuhsohlen gewesen und hatten auch ungefähr genauso geschmeckt. Nicht einmal Lena mochte sie. Außerdem wirkte Klaus trotz seiner drei gescheiterten Ehen meistens ziemlich zufrieden. Fritz wünschte seinem Onkel zwar auch, dass er irgendwann die Richtige fand, aber er wusste, dass man so etwas nicht erzwingen konnte.

Klaus' Flirt mit Frau Zwicknagel-Kerbholz während der Klassenfahrt war jedenfalls ein gehöriger Schlag ins Wasser gewesen. Nicht genug damit, dass die Lehrerin sich als fiese Meerhexe entpuppt hatte, nein, sie hatte Klaus sogar benutzt, um Mari und die Zwillinge in ein gefährliches Unterwasser-Labyrinth zu locken. Man konnte von Glück sagen, dass Klaus sich weder an das Abenteuer noch an die Turtelei erinnern konnte – sonst wären Fritz, Lena und Mari ganz schön in Erklärungsnot geraten.

»Du meinst, du hast ein neues Tier entdeckt?«, wollte Lena jetzt wissen. »Das klingt ja spannend.«

»Zumindest eine bisher unbekannte Tintenfisch-Art«, sagte Klaus freudig. »Aber auch das wäre eine Sensation. Vielleicht wird sie sogar nach mir benannt!«

»Nikolaus-Bockelbrink-Tintenfisch?«, fragte Fritz etwas zweifelnd, aber Klaus ließ sich nicht beirren.

»Ich stehe ja erst ganz am Anfang meiner Untersuchungen, aber dieses Wesen ist anders als alle Tintenfische, die ich kenne. Andere Arten ernähren sich hauptsächlich von Muscheln und Schnecken, aber die hier frisst auch Brot und Cornflakes, wie ich zufällig herausgefunden habe. Außerdem scheint er unsere Sprache zu verstehen. Wartet, ich zeige es euch.« Klaus winkte die Zwillinge näher zu sich heran, dann wandte er sich dem Tierchen zu: »Lumi, sitz!«

Der Tintenfisch verknotete seine Fangarme unter sich und nahm brav auf dem Boden des Aquariums Platz. Klaus strahlte erst Lena und Fritz an, dann den Tintenfisch. »Gut gemacht«, lobte er ihn. »Und jetzt komm her, Lumi!«

Blitzschnell entwirrte der Tintenfisch seine Arme und schoss auf die Scheibe des Aquariums zu, wo er sich mit seinen Saugnäpfen festklebte und Klaus treuherzig anschaute.

»Fein.« Klaus nahm eine Handvoll Cornflakes aus einer Schachtel und ließ sie ins Aquarium rieseln, wo der Tintenfisch sie in Windeseile verspeiste. Dann guckte er Klaus und die Zwillinge an und rülpste laut. Eine kleine Luftblase stieg auf.

Fritz musste lachen. Der Tintenfisch war wirklich drollig. Fast hatte er den Eindruck, als sei das Tier ein wenig größer als vorhin, aber das täuschte bestimmt bloß.

»Er heißt also Lumi?«, fragte er seinen Onkel.

Klaus nickte. »Ich dachte mir, das wäre doch ein passender Name für ihn. Und es ist kürzer als *Siebenarmiger Leucht-Tintenfisch*.« Er grinste.

»Wie geht es jetzt weiter?«, wollte Lena wissen. »Kannst du deine Entdeckung irgendwo melden?«

»Erst mal will ich rausfinden, ob er sich nur verirrt hat oder ob es hier noch mehr von seiner Art gibt. Ich werde morgen mit dem U-Boot rausfahren und die Gegend um den Fundort absuchen«, sagte Klaus. »Zum Glück darf ich mir die *Roxy* ausborgen, die ist noch wesentlich besser ausgestattet als meine *Berta 2*.«

Die *Roxy* gehörte den Sturmpiraten, die Fritz, Lena und Mari bei ihrem letzten Abenteuer geholfen und sie sicher nach Hause gebracht hatten. Seitdem lag ihr Schiff, die *Roxana*, in Einöd vor Anker, und sie machten bislang keine Anstalten, wieder zu verschwinden. Kapitänin Jacky hatte mit ihrer Besatzung einen erfolgreichen Jetski-Verleih aufgebaut, der vor allem Bürgermeister Hasenknopf ein Dorn im Auge war – angeblich weil deshalb weniger Touristen seine Atlantis-Attraktionen besuchten. Aber er konnte nicht viel dagegen machen, denn wer sich mit Jacky anlegte, zog meist den Kürzeren.

»Oh, das ist ja cool!«, meinte Fritz. »Können wir mitkommen?« Ein bisher unbekanntes Tier *und* eine Fahrt mit der *Roxy* – das klang nach einem Ausflug, den er sich nicht entgehen lassen wollte.

Klaus schüttelte den Kopf. »Ich fahre gleich morgen früh raus, da seid ihr in der Schule.«

»Schade.« Auch Lena wirkte ein bisschen enttäuscht. »Aber versprich uns, dass du anrufst, sobald es etwas Neues gibt.«

Tatsächlich war es Lena, die noch am selben Abend bei Klaus anrief und ihm, als er nicht abhob, aufgeregt auf die Mailbox sprach. Denn an diesem Abend passierte etwas, mit dem keiner von ihnen gerechnet hatte.

Fritz hatte es sich bereits mit einem Buch im Bett gemütlich gemacht, und Lena putzte sich gerade die Zähne, als sie aus der Waschküche einen spitzen Schrei hörten. Sofort rannten sie nach unten, um nachzusehen, was los war. Mama war offenbar dabei gewesen, die Trocknerwäsche zu sortieren. Doch jetzt war ihr Gesicht genauso gräulich weiß wie die Wand, gegen die sie sich mit weit aufgerissenen Augen presste.

Fritz seufzte leise, denn der Anblick war ihm nur allzu vertraut. »Ach, Mama, die Spinnen sind zwar groß, aber total harmlos.« Weil seine Mutter panische Angst vor Spinnen hatte, musste er öfter mal den Retter spielen – für die Spinnen, denn er fand es gemein, sie einfach zu erschlagen oder einzusaugen. Sie konnten schließlich nichts dafür, wie sie aussahen. Außerdem waren sie nützlich und fraßen beispielsweise Mücken, die Fritz wiederum verabscheute.

»Wo ist sie denn?«, fragte er seine Mutter und sah sich nach einem geeigneten Gefäß um, in dem er die Spinne unbeschadet nach draußen transportieren konnte.

Mama schüttelte den Kopf. »K… keine Spinne … e… es ist … d… dadrin …« Mit zitterndem Finger deutete sie auf den Wäschekorb, der vor ihr auf dem Boden stand.

Fritz und Lena wechselten einen Blick. Was konnte es sein? Etwa eine Grille? Oma hatte letzten Sommer eine Grillenplage im Haus gehabt, was selbst Fritz ausgesprochen widerlich gefunden hatte. Vielleicht eine Maus oder gar eine Ratte?

Fritz schnappte sich einen Besenstiel, der an der Wand lehnte, und näherte sich vorsichtig dem Wäschekorb. Mit dem Stiel hob er einige der feuchten Wäschestücke an, konnte aber nichts erkennen.

»Da ist nichts«, murmelte er und ärgerte sich insgeheim darüber, dass er dafür extra sein Buch unterbrochen hatte.

»Doch, doch, ich hab es genau gesehen!« Mamas Stimme klang beinahe hysterisch. »Es ist so ekelhaft! Du musst es unbedingt finden, Fritz!«

Fritz warf Lena einen Blick zu, die die Augen verdrehte und ein Kichern unterdrückte. Dann schob er einen feuchten Waschlappen beiseite, und tatsächlich: Auf einer von Papas Unterhosen saß etwas. Etwas Kleines, Glibberiges mit sieben Fangarmen und großen Augen, aus denen es ihn verängstigt anstarrte.

Lena schnappte nach Luft. »Das ist ja …«

Fritz ließ überrascht den Besenstiel sinken. »… ein Lumi!«

Die Lumis
sind los!

Einöder Käseblatt

Sonntag, 20. Oktober

Neue Tintenfisch-Art entdeckt!

Es ist nicht weniger als eine Sensation: In Einöd am Meer wurde kürzlich eine neue Tintenfisch-Art entdeckt. Das Tier ist nur wenige Zentimeter groß, leuchtet im Dunkeln und frisst am liebsten Cornflakes. Meeresbiologe Dr. Nikolaus Bockelbrink hat den Tintenfisch als Erster untersucht und ihn auf den Namen Lumi getauft. Dr. Bockelbrink sagte in einem Interview: »Ich kann mir nicht erklären, woher diese neue Art kommt, denn eigentlich deuten ihre Eigenschaften auf einen Tiefseebewohner hin. Sie scheint jedoch überaus anpassungsfähig zu sein und kann sogar längere Zeit außerhalb des Wassers überleben. Das ist sehr ungewöhnlich.«

Seit einer Woche häufen sich Meldungen über Sichtungen von Lumis. Am Strand, im Brunnen vor dem Rathaus und auch in mehreren Privathäusern wurden die Tintenfische bisher gefunden.

Dr. Bockelbrink warnt davor, sie einfach mitzunehmen: »Einige Leute, vor allem Jugendliche, glauben offenbar, dass Lumis sich als Haustiere eignen, weil die Tiere recht friedlich und genügsam scheinen. Ich halte dies jedoch für keine gute Idee. Diese Art ist noch nicht lange genug erforscht, und es kann nicht ganz ausgeschlossen werden, dass sie gefährlich ist.«

Auf Nachfrage bestätigte Dr. Bockelbrink mir jedoch, er habe bisher keinen Hinweis auf Giftigkeit gefunden. Schauen Sie sich doch nur einmal dieses Foto an, liebe Leserinnen und Leser. Sieht so etwa ein gefährliches Tier aus? Ich denke nicht. Die Lumis sind nicht nur niedlich, sie können sogar einfache Befehle verstehen. Als Reporter (und Neffe des Bürgermeisters) sehe ich es als meine Pflicht an, die Öffentlichkeit auf dem Laufenden zu halten. Ich habe mir deshalb gestern auch einen Lumi zugelegt und werde in dieser Zeitung darüber berichten. Er hört auf den Namen Stefan und liebt Schokolinsen. Die Tierhandlung Zur Hasenpfote, *die übrigens meinem Bruder gehört, hat noch welche da. Sichern Sie sich jetzt*

Ihr Exemplar zum Vorteilspreis von € 555,55 unter zurhasenpfote@fantasymail.de.

Hendrik Hasenknopf, Einöd a. M.

»Das ist keine Zeitung mehr, sondern ein reines Werbeblatt«, schimpfte Fritz' und Lenas Vater und ließ die Zeitung sinken. »So einen Unsinn schreibt doch kein seriöser Journalist! Dieser Hendrik hat die Stelle sowieso nur bekommen, weil sein Onkel mit dem Verleger befreundet ist.« Verärgert leerte er seinen Kaffeebecher, auf dem neben dem *Atlantis*-Schriftzug eine kleine Meerjungfrau mit Bikinioberteil zu sehen war, das sich je nach Temperatur des Becherinhalts unterschiedlich färbte. Obwohl das herzlich wenig Sinn ergab, war die Tasse der neueste Hit im Souvenirladen der Pfifferlings – auch wenn in Einöd jetzt zur Nebensaison deutlich weniger los war als im Sommer.

»Das stimmt, Karsten.« Seine Frau Simone seufzte, während sie ihr Vollkornbrötchen hauchdünn mit Halbfettmargarine bestrich. »Hendriks Mutter hat mir neulich voller Stolz erzählt, dass ihr Sohn jetzt der neue Star-Reporter wird.« Sie verdrehte die Augen. »Dabei ist der Bengel alles andere als eine große Leuchte. Und trotzdem denken leider viele Leute, was in der Zeitung steht, muss wahr sein. Klaus hätte es eigentlich besser wissen müssen, als ihn ausgerechnet dieser Typ interviewen wollte.«

»Onkel Klaus hat doch gar nichts Falsches gesagt!«, warf Lena ein. »Er hat sogar davor gewarnt, die Lumis als Haustiere zu halten. Was kann er denn dafür, wenn dieser Hasenkopf hinterher alles völlig verdreht und auch noch Werbung dafür macht, sie zu kaufen!?«

Ihre Mutter schüttelte den Kopf. »Du hast recht. Ich werde sowieso nie verstehen, warum manche Leute sich die Viecher als Haustiere halten. Mir läuft es jetzt noch kalt den Rücken runter, wenn ich an die Begegnung mit dem Ding denke. Das ist genau so, als würde man sich eine Ratte zulegen. Wi-der-lich!«

»Also ich finde Ratten süß und Lumis auch«, sagte Fritz und nahm einen Schluck von seinem Kakao.

Seine Mutter sah ihn mit hochgezogenen Augenbrauen an.

»Trotzdem würde ich natürlich weder eine Ratte noch einen Lumi als Haustier haben wollen«, beeilte er sich zu sagen. »Mir reicht Hildegard.« Die Wasserschildkröte war sein ganzer Stolz. Sie hatte sogar einmal mit ihm gesprochen, kurz bevor Mari in Einöd am Meer aufgetaucht war. Aber davon wussten seine Eltern natürlich nichts, und Fritz' Versuche, Hildegard erneut ein paar Worte zu entlocken, waren bisher leider fehlgeschlagen.

Das galt allerdings auch für seine Bemühungen, mit

Mari ins Gespräch zu kommen. Er hatte sie angerufen, nachdem sie vergangene Woche den Lumi in der Waschküche gefunden und zu Klaus gebracht hatten, aber sie war wie so oft nicht ans Handy gegangen. Auch in der Schule hatten die Zwillinge sie kaum zu Gesicht bekommen, obwohl Mari dieselbe Klasse besuchte. Sie kam an den meisten Tagen zu spät zum Unterricht und verließ in den Pausen so schnell das Klassenzimmer, dass weder Fritz noch Lena mehr als zwei Sätze mit ihr wechseln konnten. Fritz fand, dass sie müde aussah. Müde und … irgendwie traurig.

Gestern in Mathe hatte er es nicht mehr ausgehalten und *Hey, Mari, alles okay bei dir?* auf einen Zettel gekritzelt, den er ihr zugeschoben hatte, als Herr Kottel nicht hinschaute.

Passt schon. Hab nur einen schlechten Tag, war ihre Antwort gewesen. Aber Fritz spürte, dass das nicht stimmte. Sie benahm sich ja nicht nur heute, sondern schon seit ein paar Wochen so.

Lena war der Meinung, es bringe nichts, sich den Kopf darüber zu zerbrechen, und Mari würde sich schon bei ihnen melden, wenn sie Hilfe brauchte. Hoffentlich hatte sie damit recht.

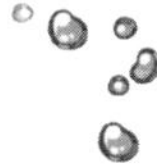

Um auf andere Gedanken zu kommen, hatten Fritz und Lena sich für diesen Sonntagnachmittag mit Konstantin verabredet. Sein Vater war mal wieder auf Geschäftsreise – so wie eigentlich immer –, und Konstantin hatte die Villa für sich alleine. Bevor sie während der Klassenfahrt gemeinsam Xulayla, die Meerhexe, besiegt hatten, hatte Fritz ihn für einen verwöhnten reichen Schnösel gehalten. Jetzt wusste er, dass er ein verwöhnter reicher Schnösel mit einem großen Herzen war. Konstantin war kein bisschen geizig und hatte eigentlich immer gute Laune – genau das, was die Zwillinge jetzt brauchten.

»Hey, cool, dass ihr vorbeischaut!«, begrüßte Konstantin die beiden über einen Videobildschirm an der Pforte. Kurz darauf öffnete sich das große schmiedeeiserne Tor, und ein Angestellter mit einem Golf-Caddy kam auf Fritz und Lena zugefahren, um sie abzuholen. Das Anwesen war so weitläufig, dass Konstantins Vater extra jemanden eingestellt hatte, der ihn vom Haus zur Pferdekoppel oder zum Tennisplatz fahren konnte – wenn er denn einmal zu Hause war.

»Na, worauf habt ihr Lust?«, fragte Konstantin, der bereits an der Haustür auf die Geschwister wartete. »Tischtennis oder lieber Zocken auf meiner neuen Konsole? Wir können auch zusammen einen Ausritt machen, wenn ihr wollt.«

»Danke, aber Pferde sind mir nicht ganz geheuer.«

Fritz sah aus dem Augenwinkel, dass Lena fast ein bisschen enttäuscht wirkte.

»Mein Bruder interessiert sich nur für Meeresgetier«, sagte sie und schnitt eine Grimasse. »Erst recht, seit wir Mari kennen.«

»Ah, gutes Stichwort. Fast hätte ich's vergessen.«

Ganz kurz durchzuckte Fritz die Hoffnung, Mari könnte hier sein, aber dann sagte Konstantin: »Ich habe nämlich ein neues Haustier. Ihr werdet Augen machen!« Er grinste.

Oje, das konnte nichts Gutes bedeuten.

»Ich hoffe, es ist nicht das, was ich denke«, murmelte Fritz, als sie den Fahrstuhl betraten, der direkt ins Dachgeschoss der Villa fuhr.

»Worum wollen wir wetten?«, flüsterte Lena ihm zu.

Nachdem Konstantin einen Piranha namens Harro aus der magischen Unterwasserhöhle mitgenommen hatte, hatte Fritz mehrfach versucht, ihm zu erklären, dass sich die Fische nur in Schwärmen wohlfühlten.

»Soll ich ihn etwa wieder im Meer aussetzen?«, hatte Konstantin gefragt.

»Auf keinen Fall!« Fritz war entsetzt gewesen. »Dort würde er sterben. Piranhas sind doch Süßwasserfische!«

»Und warum war er dann in einer Höhle unter dem Meer, hm?«

»Keine Ahnung! Aber du weißt doch selbst, dass in der

Höhle nicht alles den Naturgesetzen gehorcht hat. Zum Beispiel die Blumen, die erst mit uns geredet und dann auf uns geschossen haben – weil DU sie angefasst hast!«

Daraufhin war Konstantin nichts mehr eingefallen, aber er hatte den Piranha trotzdem behalten. Er war eben unverbesserlich. Allerdings musste Fritz zugeben, dass Harro einen recht zufriedenen Eindruck machte. Konstantin hatte dem Fisch ein riesiges Aquarium gekauft und servierte ihm täglich frische Shrimps und Krabben vom Feinkosthändler. Nur dass er sich nicht mehr mit dem Piranha unterhalten konnte, wurmte ihn. »Ich würde zu gerne ein paar O2-Gums kauen und zusammen mit Harro in den Pool springen. Vielleicht redet er dann ja wieder mit mir. Was meint ihr?«

»Nein, bloß nicht!«, hatten Fritz und Lena gleichzeitig gerufen. »Die O2-Gums hat Mari uns nur für besondere Situationen gegeben. Du willst sie doch nicht etwa für so einen Blödsinn verschwenden!«, hatte Lena gesagt, und Fritz hatte hinzugefügt: »Ja, und Chlorwasser ist bestimmt nicht gut für Piranhas.«

Widerwillig hatte Konstantin ihnen zugestimmt, aber es sah ihm ähnlich, dass er auch den Trend mit den Lumis mitmachen musste.

Bing. Der Fahrstuhl war im obersten Stockwerk angekommen, wo Konstantins Reich lag. Fritz staunte immer wieder aufs Neue, wenn er aus dem Aufzug trat.

Konstantins Zimmer glich eher einem Loft. Am Eingang stand eine lebensgroße Spiderman-Figur, über deren Arm Konstantin ihre Jacken hängte. Es gab eine Sofaecke mit gigantischem Flatscreen-Fernseher und vier verschiedenen Spielkonsolen, einen begehbaren Kleiderschrank und sogar einen Kühlschrank mit Snacks und Getränken, der jede Hotel-Minibar alt aussehen ließ. Und wenn Konstantin etwas Warmes essen wollte, schickte er per Smartphone-App eine Bestellung an die Küche, und wenig später wurde das Essen mit dem Speisenaufzug in sein Zimmer geliefert. Das Bett befand sich über ihnen zwischen zwei Dachbalken und war über eine Holzleiter erreichbar. Durch das Fenster darüber konnte man abends direkt in den Sternenhimmel sehen. Auch wenn er auf keinen Fall mit Konstantin tauschen wollte, um dieses Bett beneidete Fritz ihn sehr. Es sah so unglaublich gemütlich aus, der perfekte Platz, um stundenlang zu lesen.

Das Herzstück des Zimmers war ein riesiges Bücherregal, das als Raumteiler diente. Lena behauptete allerdings, nur zwei Reihen der Bücher seien echt und der Rest Attrappen. Fritz hatte noch keine Gelegenheit gehabt, das zu überprüfen, aber er fand, dass die Bücher alle ziemlich neu und ungelesen aussahen. Kein Vergleich zu dem Bücherregal in seinem eigenen Zimmer. Einige seiner Bücher waren derart zerfleddert, dass er die losen Seiten notdürftig mit Tesafilm festgeklebt hatte.

Rechts neben Konstantins Bücherregal befand sich das Aquarium, in dem Harro wohnte, und direkt dahinter stand nun ein neues Becken, aus dem es blau leuchtete.

Fritz und Lena wechselten einen Blick, und Lena formte mit den Lippen die Worte *War doch klar.*

»Du hast dir einen Lumi geholt?«, fragte Fritz an Konstantin gewandt, obwohl er die Antwort bereits kannte.

»Ja, voll cool, oder?« Konstantin war der vorwurfsvolle Unterton offenbar entgangen. Begeistert lief er zu dem Aquarium. »Darf ich vorstellen, das ist Zelda. Der Zoohändler hat gesagt, dass sie ein Weibchen ist.« Hinter dem Glas drehte ein kleiner Tintenfisch Pirouetten im Wasser und spuckte Tintenwölkchen. »Ich dachte zuerst, sie könnte Harro Gesellschaft leisten, aber er scheint Angst vor ihr zu haben.« Konstantin zuckte mit den Schultern.

Fritz warf einen Blick auf das Piranha-Aquarium, wo sich Harro hinter einer Mangrovenwurzel verkrochen hatte. Er sah nicht besonders fröhlich aus.

»Egal, jetzt habe ich eben ein zweites Aquarium«, sagte Konstantin lässig. »Wie ihr seht, Zelda geht es blendend. Ich glaube, sie ist sogar schon ein bisschen gewachsen.«

»Sie ist echt niedlich«, gab Lena zu. »Aber sag mal, Konstantin, hast du nicht das Interview mit unserem Onkel in der Zeitung gelesen?«

»Doch, hab ich.« Konstantin nickte freudig.

»Klaus rät ausdrücklich davon ab, sich Lumis als Haustiere zu halten!«, sagte Fritz.

Zelda blickte ihn aus ihren großen Augen an, und er hatte fast das Gefühl, als lächelte sie.

Konstantin kratzte sich am Kopf. »Aber in dem Artikel stand doch –«

»Den Artikel hat ein Praktikant geschrieben, der keine Ahnung hat!« Fritz musste sich beherrschen, um nicht die Augen zu verdrehen. So begriffsstutzig konnte man doch gar nicht sein.

»Hm, das ist ja merkwürdig«, sagte Konstantin in diesem Moment.

»Was denn?«, wollte Fritz wissen.

Konstantin ging um das Aquarium herum und schaute angestrengt hinein, als suchte er etwas. »Eigentlich sind hier noch zwei Clownfische drin, damit Zelda nicht so alleine ist. Aber ich sehe sie nirgends. Meint ihr, sie haben sich versteckt?«

Weder Lena noch Fritz konnten einen der beiden erspähen.

»Vielleicht kommen sie raus, wenn ich sie füttere«, sagte Konstantin unsicher. Er griff zu einer Dose mit Fischfutter und ließ ein paar Flöckchen ins Wasser rieseln. Sofort stürzte sich der kleine Tintenfisch gierig darauf und verschlang sie.

»Wow, die hat aber Hunger!« Konstantin lachte. »Dabei hat sie vorhin erst eine halbe Packung Cornflakes gefressen. Hey, Zelda, lass den anderen auch noch was übrig!« Er klopfte gegen die Scheibe. »Wo seid ihr denn, Winni und Fips?« Er warf erneut eine Ladung Fischfutter ins Aquarium, die der Lumi in Sekundenschnelle verspeiste. Dann drehte er sich zu ihnen um und rülpste zufrieden.

»Komisch«, sagte Konstantin.

Fritz kam es so vor, als sei der Tintenfisch direkt ein Stückchen gewachsen, und ihn beschlich ein mulmiges Gefühl. »Ähm, Konstantin … ich glaube nicht, dass Winni und Fips noch was essen werden.«

Konstantin sah ihn verständnislos an. »Aber Zelda hat ihnen heute Morgen schon ihr ganzes Frühstück weggefr…« Er brach ab, und man konnte sehen, wie sprichwörtlich der Groschen bei ihm fiel.

Er schluckte. »Oh.«

Eine Warnung

»Wie meinst du das, du hast sie freigelassen?« Lena hielt sich ihr Handy ans Ohr und war sichtlich aufgebracht. »Fritz hat doch gesagt, du sollst sie zu Klaus bringen! … Wie, du *dachtest* …?«

Fritz blickte von seinem Englischbuch auf. Lena und er hingen gerade im Wohnzimmer herum, und Fritz hatte versucht, Englischvokabeln zu lernen, bevor Konstantin angerufen hatte. Mittlerweile telefonierte Lena fast jeden Nachmittag mit ihm, um ihm Matheaufgaben zu erklären – und das, obwohl Konstantin eine Klasse über den Zwillingen war.

»Was?!«, rief Lena jetzt. »Das ist nicht dein Ernst … Oh Mann, Konstantin, du bist echt so bescheuert!« Sie schüttelte fassungslos den Kopf.

Bevor Fritz fragen konnte, was los war, flog die Tür

auf, und ihre Mutter kam hereingestürmt. »Los, macht sofort den Fernseher an!« Sie pfefferte ihre Handtasche in eine Ecke. »Und du leg das Handy weg, Lena. Du weißt genau, was wir über Smartphones während der Hausaufgaben gesagt haben!« Sie nahm Lena das Telefon aus der Hand und legte einfach auf.

»Hey, was soll das? Ich bin längst fertig mit den Hausaufgaben!«, protestierte Lena, doch Mama reagierte nicht darauf und blickte sich hektisch um. »Wo ist denn nun schon wieder die Fernbedienung?«

Fritz fischte das Gerät unter dem Couchtisch hervor und reichte es ihr. Seine Mutter schaltete den Fernseher ein und suchte den Sender, auf dem manchmal Nachrichten aus der Region liefen.

Eine etwas zerzaust aussehende Reporterin mit grauer Prinz-Eisenherz-Frisur und roter Hornbrille stand vor dem Eingang zum Einöder Stadtpark. »Noch können wir nicht sagen, was genau sich hier zugetragen hat«, sprach sie ins Mikrofon. »Der Einöder Polizei zufolge sollen Unbekannte hier über Nacht randaliert haben. Sie haben sämtliche Parkbänke zu Kleinholz verarbeitet, Blumen herausgerissen und fast alle wertvollen Koi-Karpfen aus dem Teich gestohlen, die Bürgermeister Herbert Hasenknopf erst im vergangenen Sommer angeschafft hat. Leider konnten die Verdächtigen offenbar flüchten, und es gibt bislang keinerlei Hinweise zum Hergang der

Tat. Angesichts des Ausmaßes der Verwüstung geht die Polizei von mehreren Tätern aus. Sollten Sie vergangene Nacht etwas Verdächtiges beobachtet haben, wenden Sie sich bitte an die örtliche Polizeidienststelle.«

Es folgten einige Aufnahmen vom Stadtpark, oder besser gesagt: den kümmerlichen Überresten davon. Wer auch immer es gewesen war, hatte ganze Arbeit geleistet. Die Wege waren voller Blumenerde und abgebrochener Äste und die Bänke vollkommen zerstört, als hätte jemand mit einer Axt auf sie eingeschlagen. Die Hängebrücke, die über den Teich führte, war in der Mitte geborsten, und aus dem Wasser glotzten zwei traurige Koi-Karpfen, während der kleine Pavillon dahinter aussah, als würde er jeden Moment in sich zusammenfallen wie ein Kartenhaus.

Fritz zog vor Schreck die Luft ein. Es sah wirklich fürchterlich aus. Er mochte den Bürgermeister zwar nicht sonderlich, aber der Stadtpark gehörte zu seinen besseren Ideen, und Fritz und seine Familie gingen an Wochenenden gerne dort spazieren.

»Schrecklich. Der schöne Park.« Mama schüttelte den Kopf. »Das waren bestimmt Jugendliche, die zu viele Computerspiele spielen.«

»Ich habe noch nie gehört, dass Computerspiele Vandalismus auslösen«, meinte Lena trocken.

»Wie auch immer, ich hoffe, sie finden die Täter bald.«

Mama seufzte. »Papa hat übrigens schon wieder zwei Lumis im Laden entdeckt. Er hat vorsichtshalber zugemacht, nachdem ein Kunde einen angefasst und davon Ausschlag bekommen hat. Es wird wirklich Zeit, dass sich jemand um dieses Problem kümm…«

»Pssst«, machte Lena und deutete auf den Fernseher, wo gerade eine Aufnahme der *Roxana* gezeigt wurde, die in Einöd vor Anker lag.

»Und hier weitere Nachrichten aus unserer Region«, sagte ein Sprecher. »Nachdem sich die Sichtungen von Lumis häufen und ein paar unangenehme Zwischenfälle mit ihnen gemeldet wurden, hat Bürgermeister Hasenknopf die Sturmpiraten mit der Aufgabe betraut, die Tiere einzufangen. Angesichts der neuesten Erkenntnisse wird nun ausdrücklich davor gewarnt, diese Tintenfische als Haustiere zu halten.«

Als Nächstes erschien Klaus auf dem Bildschirm und sprach mit ernstem Blick in die Kamera. »Bei den Lumis handelt es sich um eine bislang unbekannte Spezies. Wir wissen nicht, woher sie so plötzlich gekommen ist, und wir können nach wie vor nicht ausschließen, dass sie gefährlich ist. Es gibt bereits vereinzelte Berichte über allergische Hautreaktionen bei Kontakt mit den Tieren. Ich möchte deshalb alle Bewohner von Einöd am Meer und auch die Touristen bitten: Nehmen Sie keine Tintenfische mit nach Hause, und sehen Sie auch davon ab, diese käuflich zu erwerben. Auch wenn sie noch so niedlich aussehen: Diese Lebewesen gehören in den Ozean und nicht in ein Aquarium! Ich habe zusammen mit den Sturmpiraten eine Auffangstation für die Lumis eingerichtet, mit dem Ziel, sie später auszuwildern. Sollten Sie einen Lumi finden, rufen Sie uns bitte an unter der Nummer …«

Fritz runzelte die Stirn. Zwar war keine Rede davon, dass die Lumis andere Fische fraßen, aber die Nachricht bestätigte sein Gefühl, dass sie nicht ganz so harmlos waren, wie es zunächst den Anschein gehabt hatte. Und es stimmte, dass Einöd in den letzten Tagen regelrecht von Lumis überschwemmt worden war. Man konnte nicht mehr am Strand spazieren gehen, ohne mindestens einen zu finden. Sogar im Waschbecken des Klassenzimmers hatte neulich einer gesessen, und die Deutschlehrerin Frau Bratfisch war beinahe ausgeflippt. Nicht nur Konstantin, sondern mindestens die Hälfte von Fritz' und Lenas Klassenkameraden hielten sich inzwischen einen Lumi. Herr Jäckel hatte überlegt, welche für die Aquaristik-AG anzuschaffen, aber die Direktorin Frau Maus hatte ihm einen Strich durch die Rechnung gemacht. »Das ist Ungeziefer, weiter nichts!«, hatte sie gesagt. Ihr waren schon die Stabheuschrecken und die Piranhas ein Dorn im Auge gewesen, aber nachdem ihr Vorgänger diese ausdrücklich genehmigt hatte, konnte sie wenig dagegen machen.

»Sehr gut, endlich unternimmt mal jemand was!« Mamas Gesicht erhellte sich, und sie zückte ihr Handy. »Das muss ich gleich Karsten erzählen. Sagt mal, wollen wir später alle zusammen zu Antonio Pizza essen gehen? Wir sollten es ausnutzen, dass Papa und ich früher Feierabend haben.«

Fritz wollte antworten, dass das eine super Idee sei, aber Lena kam ihm zuvor. »Geht leider nicht, Mama. Wir haben heute so viele Hausaufgaben aufbekommen, und später sind wir mit Mari verabredet.«

»Ach so, schade.« Mama sah etwas enttäuscht aus. »Hast du nicht vorhin gesagt, du bist schon fertig mit den Hausaufgaben?«

Lena zuckte mit den Schultern. »Nur mit Mathe. Wir müssen noch Bio und Erdkunde machen, und ich hab Fritz versprochen, dass ich mit ihm Englisch übe.«

Fritz wollte protestieren, weil nichts davon stimmte, aber Lena stieß ihn in die Seite. Was hatte seine Schwester bloß vor?

»Wie nett von dir, Lena.« Mama freute sich. »Vielleicht schafft er dann in der nächsten Klassenarbeit endlich mal eine Zwei. Tja, dann gehen Papa und ich eben alleine und bringen euch Tiramisu mit.«

»Cool!« Lena ergriff Fritz' Hand und zog ihn in Richtung Treppe. »Komm, wir gehen hoch in dein Zimmer.«

Als Mama außer Sichtweite war, riss Fritz seine Hand

weg. »Was sollte das eben? Ich hasse es, wenn Mama und du über mich redet, als wäre ich nicht anwesend!«

»Sorry.« Lena hob entschuldigend die Hände. »Mir ist auf die Schnelle nichts Besseres eingefallen. Aber ich muss unbedingt mit dir reden.«

Jetzt wurde Fritz neugierig. »Worum geht's denn?«

»Nicht hier. Oben in deinem Zimmer.«

Lena stapfte voraus, und Fritz folgte ihr in sein Zimmer. An der Tür hielt seine Schwester kurz inne, um zu lauschen. Alles okay – Mama telefonierte noch im Wohnzimmer.

Leise schloss Lena die Tür. Als sie sich zu Fritz umdrehte, hatte ihr Gesicht einen eigentümlichen Ausdruck angenommen. »Fritz, ich glaube, ich weiß, wer den Stadtpark verwüstet hat.«

»Echt?« Fritz sah seine Schwester überrascht an. »Wie … Woher willst du … Ich meine, ähm … also, wer war es?«

Lena trat näher. Sie sah sich im Zimmer um, als hätte sie Angst, sie könnten belauscht werden. Aber außer Hildegard, die im Aquarium herumpaddelte, war niemand hier. »Konstantin hat seinen Lumi gestern Abend ausgesetzt«, sagte sie mit gedämpfter Stimme. »Und jetzt rate mal, wo!«

Fritz zog die Augenbrauen hoch. »Doch nicht etwa im Stadtpark?«

»Bingo!« Lena zitterte vor Aufregung. »Er hat gesagt, dass er ihn in den Teich zu den Kois gesetzt hat. Das kann doch kein Zufall sein, Fritz!«

»Du meinst, Zelda hat alleine den ganzen Park zerstört?« Fritz war skeptisch.

»Vielleicht hat sie vorher noch ihre Freunde zusammengetrommelt, was weiß ich denn. Aber findest du es nicht auch gruselig, wie viel die Lumis essen können und wie schnell sie wachsen?«

Da musste Fritz ihr zustimmen. »Die armen Fische! Gut, dass Klaus und die Sturmpiraten die Lumis jetzt einfangen.«

»Allerdings. Diese Viecher sind gemeingefährlich!«, sagte eine Stimme hinter ihnen.

Fritz und Lena schnellten herum. Lenas Augen wurden riesengroß, und auch Fritz brauchte einen Moment, bis er begriff.

Hinter der Glasscheibe des Aquariums schauten zwei kleine dunkle Augen die Zwillinge aufmerksam an.

»Hildegard!«, sagte Fritz verblüfft.

Das Reptil war aus dem Wasser geklettert und hatte auf einem Stein Platz genommen.

Lena blickte von der Schildkröte zu Fritz und wieder zurück. »Sie … sie spricht ja tatsächlich!«

»Ich hab dir doch gesagt, dass ich mir das beim ersten Mal nicht eingebildet habe!« Seit dem Sommer hatte Fritz sich gewünscht, dass Hildegard endlich wieder etwas sagen würde – nicht zuletzt, weil er Lena beweisen wollte, dass er die ganze Zeit über recht gehabt hatte. Obwohl Hildegards Prophezeiung eingetreten war und die Zwillinge kurz darauf Mari, eine waschechte Meerprinzessin, kennengelernt hatten, hatte Lena ihm die Geschichte von der sprechenden Schildkröte nie so ganz abgekauft.

»Wow.« Lena wirkte völlig baff. »Du verstehst also unsere Sprache?«

Die Schildkröte nickte. »So sieht's aus, Miss Schlaumeier.«

»Und warum hast du dann die ganze Zeit über nichts mehr gesagt?«

Hildegard schnaubte. »Weißt du, wie anstrengend das ist? Nach dem letzten Mal war ich tagelang erschöpft. Ich mache das wirklich nur in Notfällen – und das hier ist einer.«

»Was soll das heißen?« Fritz' Magen schlug vor Aufregung einen Salto.

»Diese Lumis sind kein gutes Zeichen«, sagte Hildegard, und ihre Stimme klang ernst. »Das kann nur bedeuten, dass die bösen Mächte auf dem Vormarsch sind. Der Geheimbund des Nautilus ist bereits eingeschaltet. Aber ihr müsst unbedingt mit Mari reden und sie von ihrem Vorhaben abbringen! Was sie plant, ist viel zu riskant.«

Dann blinzelte die Wasserschildkröte und ließ den

Kopf sinken, so als hätten die Worte sie enorme Kraft gekostet.

Fritz schnappte nach Luft. »Wie meinst du das? Was hat Mari vor? Und was ist das für ein Geheimbund? Worum geht es?«

Aber da hatte Hildegard schon die Augen geschlossen und sich in ihren Panzer zurückgezogen – sie war eingeschlafen.

Lena und Fritz sahen sich an. »Und was jetzt?«, fragte Lena.

Fritz überlegte nicht lange. »Wir fahren zu Mari, was denn sonst?!«

Der Albtraum

»Ich muss euch leider enttäuschen, Mari ist nicht hier«, sagte Olf, als er die Tür öffnete. Inzwischen hatten Fritz und Lena sich zwar an seine Vorliebe für schräge Outfits gewöhnt, aber das heutige schoss eindeutig den Vogel ab. Olf trug eine neongrüne Regenjacke, rosafarbene Gummihandschuhe und dazu silberne Gummistiefel. Seine langen grauen Haare steckten unter einer Duschhaube, und in der Hand hielt er ein Fischernetz mit Teleskopstange. »Soll ich ihr was ausrichten, wenn sie nach Hause kommt?«

»Äh … Weißt du denn, wo sie gerade ist?«, fragte Lena, die sichtlich irritiert von seinem Aufzug war.

Olf schüttelte den Kopf. »Sie hat mir nichts gesagt.«

»Dann richte ihr doch bitte aus, dass sie uns unbedingt anrufen soll«, bat Lena. »Es ist echt wichtig.«

»Wird gemacht.« Olf nickte.

Er wollte bereits die Tür schließen, da platzte Fritz heraus: »Was hast du denn damit vor?« Er zeigte auf das Netz.

Olf kratzte sich am Kopf. »Na ja, also … Wir haben ein klitzekleines Problemchen mit unserem Pool. Irgendwie scheint der Schutzzauber nicht mehr richtig zu funktionieren, und jetzt haben wir Heerscharen von diesen … diesen Dingern da im Haus.«

Lena und Fritz wurden sofort hellhörig. »Lumis?«, fragte Lena.

»Jupp.« Olf nickte. »Eine richtige Plage ist das. Sie haben unsere komplette Speisekammer geplündert, und heute beim Duschen bin ich auf einem ausgerutscht. Hab mir 'nen fetten blauen Fleck geholt.« Er zeigte auf seinen Hintern und verzog das Gesicht.

Wäre Hildegards Warnung nicht gewesen, hätte Fritz bestimmt gelacht oder zumindest gekichert. Die Vorstellung war einfach zu komisch. Aber nun begriff er, dass die Lage wirklich ernst war. Bei Mari und Olf waren sie also auch. »Und sie sind durch den Pool reingekommen?«, fragte er nach.

»Genau«, sagte Olf. »Wir haben schon mit Runa gesprochen und versucht, das Problem mithilfe eines Blockadezaubers zu lösen. Aber der scheint nicht viel gebracht zu haben. Wenn das hier so weitergeht, werde ich zum Baumarkt fahren und den Pool komplett abdichten müssen. Dann ist hoffentlich Ruhe. Aber jetzt muss ich erst mal noch ein paar von den Viechern einfangen, bevor die sich über meine Notration hermachen. Bei Chips und Schokolade hört bei mir der Spaß auf!«

»Oje, na dann viel Erfolg«, sagte Lena.

»Vielleicht können dir die Sturmpiraten ja beim Einfangen helfen«, schlug Fritz vor. »Sie haben zusammen mit unserem Onkel eine Auffangstation eingerichtet. Das kam heute sogar in den Nachrichten.«

»Danke, ich hab Jacky schon Bescheid gesagt«, antwortete Olf.

»Ah gut«, sagte Fritz. Plötzlich fiel ihm etwas ein. »Sag mal, Olf … sagt dir vielleicht der *Geheimbund des Nautilus* etwas? Weißt du, was das sein könnte?«

Er hatte das Gefühl, dass Olf für den Bruchteil einer Sekunde zögerte. »Ähm … nö. Noch nie gehört. Wieso?«

»Ach, nur so.« Fritz winkte ab. »Wir müssen dann mal wieder heim.«

»Alles klar. Ich sag Mari, dass ihr hier wart.« Olf hob zum Abschied eine gummibehandschuhte Hand, bevor er in seinem verrückten Kampfoutfit wieder ins Haus stapfte.

Am frühen Abend kehrten Fritz und Lena enttäuscht und sehr hungrig wieder nach Hause zurück.

»Na toll«, sagte Lena, während sie in der Küche nach etwas Essbarem suchten. Eine angebrochene Packung Nudeln, eine halbe Tube Tomatenmark und eine Zwiebel, die bereits drauf und dran war, sich in eine Pflanze zu verwandeln, waren die mickrige Ausbeute. Auf der Fensterbank entdeckten sie außerdem ein Basilikum-Pflänzchen, das schlaff die Blätter hängen ließ, weil Mama vergessen hatte, es zu gießen. »Da hätten wir ja auch mit Mama und Papa Pizza essen können.«

Fritz schaute auf die Uhr. Halb sieben. »Sollen wir noch hinfahren? Vielleicht schaffen wir es noch rechtzeitig zum Nachtisch.«

Lena winkte ab. »Die beiden sind bestimmt ganz froh, dass sie mal einen entspannten Abend zu zweit haben. Wir kochen uns einfach Nudeln mit Tomatensoße. Das geht total leicht und schmeckt bestimmt fast genauso wie bei Antonio.« Sie zwinkerte ihrem Bruder zu, und Fritz musste lachen. Auch wenn er sich mit Lena nicht immer blendend verstand, war er froh, eine Schwester zu haben. Lena war zwar eine notorische Besserwisserin, aber das konnte manchmal sogar ganz nützlich sein. Und ihre gemeinsamen Abenteuer mit Mari hatten sie stärker zusammengeschweißt.

Während Lena ein paar Basilikum-Blätter abpflückte,

die nicht schon völlig vertrocknet waren, und den letzten Rest Tomatenmark aus der Tube drückte, machte sich Fritz daran, die Zwiebel zu schneiden. Sofort begannen seine Augen zu tränen, und er musste aufpassen, dass er sich nicht mit dem scharfen Messer in den Finger schnitt.

»Was könnte Hildegard mit den *bösen Mächten* gemeint haben?«, fragte er schniefend.

»Hmm, keine Ahnung. Aber anscheinend hat alles mit den Lumis zu tun«, meinte Lena. »Hier, setz die auf.« Sie reichte Fritz eine Taucherbrille. Es war ein neues Modell mit Seesternen, das Papa aus dem Laden mitgebracht hatte.

»Hä?« Fritz sah seine Schwester fragend an, während Tränen unkontrolliert auf seinen Pullover tropften.

»Na, gegen die Zwiebeldämpfe, du Honk!« Lena grinste.

»Ah.« Fritz zog sich die Taucherbrille über den Kopf. Er sah mit Sicherheit komplett bescheuert aus, aber es half tatsächlich.

Als die Zwiebelstückchen wenig später in einer Pfanne brutzelten, sagte er: »Aber Mari ist schon so komisch, seit sie diesen Brief von ihrer Mutter bekommen hat. Was, glaubst du, könnte darin stehen?«

Mari hatte nie viel über ihre Mutter geredet. Fritz wusste nicht einmal, wie sie hieß. Eigentlich wusste er gar nichts über sie, außer dass sie Mari und ihren Vater vor zwei Jahren verlassen hatte. Einfach so, ohne Vorwarnung und ohne Abschied.

»Vielleicht tut es ihr leid, dass sie damals abgehauen ist, und jetzt will sie wieder Kontakt zu Mari? Da wüsste ich an Maris Stelle auch nicht, was ich machen sollte.« Lena hatte inzwischen aus den Zwiebeln, der Tomatenpaste und dem Basilikum etwas zusammengerührt, das entfernte Ähnlichkeit mit Tomatensoße hatte, und machte sich nun daran, die Nudeln abzugießen.

»Hildegard hat aber gesagt, dass Mari irgendetwas Gefährliches plant«, sagte Fritz, als sie sich an den Tisch setzten. Erstaunlicherweise schmeckte ihre Kreation gar nicht so schlecht, und er fand es fast schade, dass nicht mehr Nudeln da waren. Er hatte mächtig Kohldampf.

»Stimmt, das passt nicht so recht zusammen«, meinte Lena. Kauend grübelten die Zwillinge vor sich hin.

Fritz seufzte. »Ach, es bringt uns nicht weiter, irgendwelche Mutmaßungen anzustellen. Wir müssen mit Mari sprechen.«

»Tja, viel Glück dabei.« Lena zog eine Grimasse. Nach ihrem Gespräch mit Olf hatten sie mehrmals versucht, ihre Freundin anzurufen und ihr Nachrichten aufs Handy geschickt, doch bisher hatte sie sich nicht gerührt.

»Es kann doch nicht sein, dass sie uns einfach ignoriert!«, sagte Fritz frustriert. »Wir sind ihre besten Freunde! Zumindest dachte ich das immer.«

»Du hast recht«, meinte Lena. »Mir reicht es auch. Wir stellen sie zur Rede. Gleich morgen früh vor der Schule fangen wir sie ab. Und wenn sie uns dann nicht sagt, was los ist, kann sie uns gestohlen bleiben!«

Das klang zwar ziemlich drastisch, aber Fritz hatte auch keine bessere Idee.

Kurz bevor er ins Bett ging, warf er noch einen Blick zu Hildegard ins Aquarium. Die Schildkröte hatte sich zwischen den Pflanzen verkrochen, und Fritz konnte nur ihr Hinterteil sehen. »Ich wünschte, du hättest uns einen Tipp gegeben, wie wir an Mari rankommen«, sagte er. Die Schildkröte stieß die Luft aus, und es klang fast so, als würde sie seufzen.

Die Gedanken kreisten in seinem Kopf, und es dauerte lange, bis Fritz endlich eingeschlafen war. Im Halbschlaf nahm er irgendwann wahr, dass Mama und Papa nach Hause kamen. Ihre Stimmen klangen fröhlich und ausgelassen, offenbar hatten sie einen schönen Abend verbracht.

Später träumte er, dass er im Meer tauchte und versuchte, Mari zu erreichen, die ein gutes Stück vor ihm war. Sie schwamm direkt auf den Schlund eines gigantischen Monsterfisches zu.

»Mari, nicht!«, rief Fritz, aber aus seinem Mund kamen nur Luftblasen.

Er versuchte es noch einmal. »Mari!«

Endlich drehte sie sich zu ihm um. »Ich muss! Meine Mutter ist dadrin!« Ihr Gesicht war von Schmerz und Panik verzerrt.

»Warte!« Fritz hatte aufgeholt und griff nach Maris Hand, aber er war noch nicht nah genug, um sie berühren zu können.

Plötzlich schwamm etwas direkt vor sein Gesicht. Etwas Kleines, das blau leuchtete. Ein Lumi! Daneben war noch einer und auf der anderen Seite auch. Plötzlich war Fritz umringt von Lumis, die immer näher kamen und sich zwischen Mari und ihn drängten. Ihre Augen glühten rot wie Feuer, und sie sahen überhaupt nicht mehr niedlich aus. Als Fritz einen von ihnen zur Seite schieben wollte, schnappte er nach ihm. Er konnte seinen Arm gerade noch rechtzeitig wegziehen.

»Mari! Was soll ich machen?«, schrie Fritz verzweifelt, doch Mari blickte ihn nur mitleidig an. Sie war fast bei dem riesigen Fisch angelangt, der sein Maul noch weiter aufriss.

»Frag Hildegard«, sagte sie, dann drehte sie sich um und verschwand im Rachen des Fisches.

»Mari, NEIN!«, schrie Fritz aus Leibeskräften – und schreckte schweißgebadet hoch. Oh Gott, was für ein schrecklicher Albtraum! Er knipste das Licht an und schüttelte sich, so als könnte er die Erinnerung an den Traum dadurch loswerden.

»Fritz, alles okay?« Die Tür, die Lenas und sein Zimmer verband, öffnete sich, und seine Schwester streckte den Kopf herein. »Du hast geschrien, als würdest du bei lebendigem Leib gegrillt werden.«

»Alles gut, hab nur schlecht geträumt«, murmelte Fritz, der versuchte, sich wieder zu sammeln.

»Brauchst du irgendwas? Soll ich dir einen Tee machen?« Lena sah ehrlich besorgt aus. So kannte er seine Schwester gar nicht.

Fritz schüttelte den Kopf. »Ich hab von Mari geträumt. Und von den Lumis. Sie hat gesagt, dass ich Hildegard fragen soll …« Sein Blick schweifte zum Aquarium und blieb dort hängen. Wieso war das Licht an? War die Zeitschaltuhr kaputt?

Fritz schälte sich aus dem Bett und lief hinüber, um nach seiner Schildkröte zu sehen. Jetzt erst sah er, dass der Deckel offen war. Hatte er etwa vergessen, ihn zu schließen, nachdem er sie heute Abend gefüttert hatte?

»Hildegard?« Fritz spähte angestrengt hinter die Pflanzen, aber dort war sie nicht. Auch ihr Lieblingsstein war leer. »Das gibt's doch nicht.«

»Was ist denn?« Lena blickte ihren Bruder verwirrt an.

Panisch nahm Fritz den Deckel ganz ab, schob mit den

Händen die Pflanzen beiseite und hob sogar den Stein hoch, um wirklich sicherzugehen, dass die Schildkröte sich nicht darunter verbuddelt hatte. Aber es fehlte jede Spur von ihr.

Fritz spürte Verzweiflung in sich aufsteigen. Das konnte, es *durfte* nicht wahr sein.

»Äh … Wo ist sie denn?«, fragte Lena unsicher.

Fritz' Stimme klang brüchig, und er hatte das Gefühl, als spräche gar nicht er selbst, sondern jemand Fremdes. »Sie ist weg … Hildegard ist weg.«

Rätsel
über
Rätsel

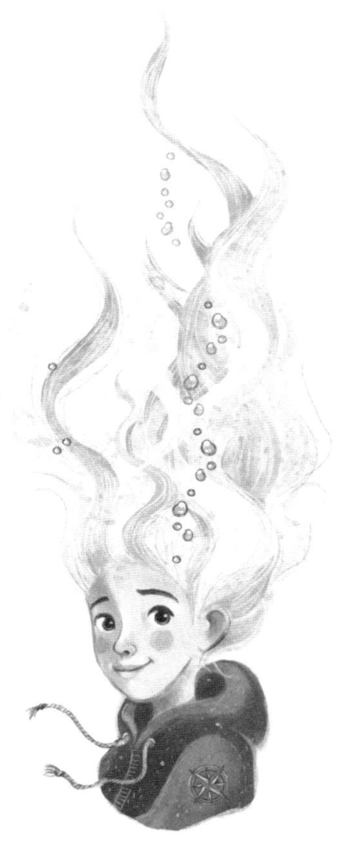

Wie war die Schildkröte aus dem Aquarium herausgekommen? Eigentlich gab es nur zwei Möglichkeiten: Erstens, sie war alleine herausgeklettert, oder zweitens, jemand hatte sich nachts, als Fritz geschlafen hatte, in sein Zimmer geschlichen und sie gestohlen. Da die erste Möglichkeit nicht besonders wahrscheinlich war, blieb eigentlich nur die zweite übrig. Allerdings gab es keinerlei Hinweise auf einen Einbruch. Hatten Mama und Papa versehentlich die Haustür offen gelassen? Beide beteuerten, dass sie wie jeden Abend abgeschlossen hatten. Und sonst fehlte nichts, alle Wertgegenstände waren noch an ihrem Platz. Nur Hildegard blieb unauffindbar.

Fritz und Lena saßen zusammen mit ihren Eltern am Frühstückstisch, aber Fritz brachte keinen Bissen herunter. Er war den Tränen nahe. »Wer klaut denn eine Wasserschildkröte?«

»Vielleicht jemand, der sie illegal verkaufen möchte?«, überlegte Lena. »Es gibt ja viele seltene Arten, die man gar nicht in den Handel bringen darf.«

»Das könnte sein.« Fritz putzte sich die Nase mit einem Küchentuch. Trotz intensiver Recherche hatte er in all den Jahren nie genau bestimmen können, um welche Schildkröten-Art es sich bei Hildegard handelte. Papa, der ihm die Schildkröte zum achten Geburtstag geschenkt hatte, wusste es auch nicht, da er sie über einen Freund bekommen hatte.

»So ein Mist!«, fluchte Lena. »Ich wünschte, ich hätte mein Überwachungssystem schon fertig gebastelt, aber die Kameras kriegen nach wie vor keine Verbindung zum WLAN. Sonst müssten wir jetzt einfach nur die Aufnahmen durchschauen und wüssten, was passiert ist.«

»Ich kann mir immer noch nicht vorstellen, dass jemand in unserem Haus war«, sagte Papa. »Vielleicht ist sie ja doch entlaufen.«

»Wie hätte sie das denn anstellen sollen?« Fritz schniefte. »Die Scheibe ist viel zu glatt, und Hildegard ist zu klein, um einfach so daran hochzuklettern. Sie ist doch keine Spinne. Außerdem hätte sie dann noch den Deckel anheben und vom Aquarium auf den Boden springen müssen – dabei hätte sie sich bestimmt verletzt.«

Bei der Vorstellung stiegen ihm wieder Tränen in die Augen.

Mama legte ihm den Arm um die Schultern. »Jetzt sucht doch noch mal in aller Ruhe das Haus ab. Vielleicht taucht sie ja wieder auf. Und wenn nicht, kaufen wir dir eben eine neue Schildkröte.«

Jetzt wurde Fritz wütend und sprang auf. »Ich will aber keine neue! Ich will Hildegard!« Wie konnte seine Mutter nur so etwas vorschlagen? Hildegard war doch kein Gegenstand, den man einfach ersetzen konnte, wenn man ihn verloren hatte!

Fritz stürmte in sein Zimmer, knallte die Tür hinter sich zu und warf sich weinend aufs Bett. Zum Glück hatten Mama und Papa den Zwillingen erlaubt, heute zu Hause zu bleiben. Fritz wollte sich gar nicht ausmalen, was Herr Kottel gesagt hätte, wenn er mit roten, verquollenen Augen zur ersten Stunde erschienen wäre. Bestimmt hätte er sich über Fritz lustig gemacht. Und auf Mari konnte man dieser Tage leider nicht zählen.

Der Gedanke an sie ließ Fritz schmerzhaft zusammenzucken. Noch so ein ungelöstes Rätsel, das ihm Kopfzerbrechen bereitete. Mari, die Lumis und jetzt auch noch Hildegard. Was war denn im Moment nur los? Fritz hatte das Gefühl, als wäre sein Leben dabei, aus den Fugen zu geraten.

Es klopfte an der Tür. »Herein!«, sagte Fritz genervt.

Lena kam in sein Zimmer. »Mama hat das nicht so gemeint«, sagte sie. »Ich bin sicher, sie wollte dich bloß trösten.«

»Toller Trost!« Fritz schnaubte.

Lena setzte sich neben ihn aufs Bett und reichte ihm ein Taschentuch. »Mir tut es ja auch leid, dass Hildegard weg ist. Aber beim Herumsitzen und Trübsalblasen werden wir sie bestimmt nicht finden. Lass uns lieber überlegen, was wir stattdessen machen können.«

Fritz nahm das Taschentuch und putzte sich die Nase, dann rappelte er sich auf. »Du hast recht. Was schlägst du vor?«

»Wir bitten Klaus, uns zu helfen.«

Das war leichter gesagt als getan. Erst beim dritten Anruf ging Klaus ans Telefon und klang sehr beschäftigt. »Sorry, aber wir haben hier gerade alle Hände voll zu tun. Im Rathaus scheint ein wahres Lumi-Nest zu sein. Unser Bürgermeister hat einen allergischen Schock und liegt im Krankenhaus.« Er versprach aber, sich nach Feierabend bei ihnen zu melden. »Jacqueline und ich sind heute um acht zum Abendessen verabredet. Ich versuche, vorher noch bei euch vorbeizuschauen.«

Enttäuscht legte Fritz das Telefon beiseite. »Wer ist denn diese Jacqueline? Hat Klaus eine neue Freundin?«

Lena zuckte mit den Schultern. »Den Namen hab ich noch nie gehört. Kann aber sein. Mama hat erzählt, dass er sich in letzter Zeit häufiger mit jemandem trifft.«

»Na toll. Dann hat er bestimmt eh keine Zeit, uns beim Suchen zu helfen.« Fritz boxte frustriert in sein Kopfkissen.

»Wir könnten Konstantin fragen«, schlug Lena vor. Aber der war noch in der Schule. Außerdem war sich Fritz nicht sicher, ob er wirklich eine große Hilfe sein würde. Konstantin hatte echt Talent dafür, noch mehr Chaos anzurichten, als ohnehin schon herrschte.

»Ich hab's!« Fritz sprang auf. »Olf hat doch aus seiner Zeit beim Meeres-Geheimdienst noch einige Tricks auf Lager. Vielleicht weiß er ja auch, wie man eine verschwundene Schildkröte ausfindig machen kann.«

»Gute Idee«, meinte Lena. »Lass uns am besten gleich hinfahren.«

Zu ihrer Überraschung öffnete diesmal nicht Olf, sondern Mari die Tür. Sie trug schwarze Leggings und ein blaues Schlabbershirt und hatte dunkle Ringe unter den Augen. Ihre langen weißblonden Haare waren zu einem unordentlichen Pferdeschwanz gebunden.

»Äh … hi, Mari!«, sagte Fritz verlegen. »Bist du gar nicht in der Schule?«

»Dasselbe könnte ich euch fragen«, gab Mari zurück. »Was wollt ihr hier?«

Fritz konnte ihren Gesichtsausdruck nicht deuten. »Also eigentlich wollten wir zu Olf«, sagte er zögerlich. »Hildegard ist verschwunden, und wir wollten ihn fragen, ob er uns vielleicht helfen kann.«

»Na dann, kommt rein.« Mari trat beiseite, um sie ins Haus zu lassen. »Olf ist im Wohnzimmer.«

Ihr Blick blieb undurchdringlich, und sie machte keine Anstalten, ihnen zu folgen. Es fühlte sich beinahe an, als wäre eine unsichtbare Wand zwischen ihnen.

Da drehte Lena sich zu ihr um und explodierte förmlich. »Interessiert dich eigentlich überhaupt niemand mehr außer dir selbst?«, schrie sie. »Fritz vermisst seine Schildkröte, und du fragst nicht mal nach? Seit Wochen zeigst du uns die kalte Schulter! Was bist du eigentlich für eine schlechte Freundin?«

Mari stand wie erstarrt da. Sie wirkte völlig erschüttert, so als hätte Lena ihr eine Ohrfeige verpasst. Sie sagte nichts, aber Fritz konnte sehen, dass ihre Unterlippe zu zittern begann. Und plötzlich brach sie in Tränen aus.

Noch nie zuvor hatte Fritz Mari weinen gesehen. Sie wirkte immer so stark und mutig, eine Kämpferin, der nichts und niemand etwas anhaben konnte. Doch jetzt wurde sie von heftigen Weinkrämpfen geschüttelt. »Ich … ich … kann nicht mehr … es tut mir so leid …«, schluchzte sie.

Fritz und Lena sahen einander erschrocken an. Ohne zu zögern, ging Lena auf Mari zu und nahm sie in den Arm. Weil Fritz nicht genau wusste, was er machen sollte, legte er eine Hand auf Maris Schulter. Er war überrascht, wie zerbrechlich sie sich anfühlte.

»Entschuldige, dass ich das gesagt habe«, murmelte Lena zerknirscht. »Du bist natürlich keine schlechte Freundin. Aber wenn du uns nicht sagst, was los ist, können wir dir auch nicht helfen.«

Nach einer Weile beruhigte sich Mari wieder etwas. Fritz zog aus seiner Jackentasche ein Päckchen Taschentücher und reichte es ihr.

»Danke.« Mari tupfte sich die Tränen ab. »Sieht so aus, als hätten wir alle gerade einen Haufen Probleme, was?« Sie lächelte traurig. »Okay, ich erzähle euch alles, und ihr sagt mir noch mal genau, wie das mit Hildegard abgelaufen ist. Und dann überlegen wir zusammen, was wir machen könnten. Aber jetzt kommt erst mal rein.«

Zu dritt gingen sie ins Wohnzimmer, wo Olf auf der riesigen blauen Couch lümmelte und sich im Fernsehen eine Kochshow anschaute. Auf dem Boden verstreut, lagen leere Schokoriegel- und Chipspackungen.

Olf sah aus, als wäre er gerade aus dem Bett gefallen. Haarsträhnen hingen ihm ins Gesicht, sein lilafarbenes Batikshirt war zerknittert, und in seinem Bart klebten jede Menge Chipskrümel.

Als er die Zwillinge bemerkte, rappelte er sich auf, wobei ein paar Krümel zu Boden rieselten. »Oh hallo, ihr beiden! Hab gar nicht mit euch gerechnet.« Er warf Mari einen fragenden Blick zu.

»Ist schon okay, Olf. Ich hab beschlossen, sie einzuweihen. Würdest du uns vielleicht einen Kakao machen?«

»Aber klar doch.« Olf stand auf und schlurfte in die Küche.

Während Fritz und Lena auf der Couch Platz nahmen, lief Mari nach oben in ihr Zimmer, um etwas zu holen. Wenig später kam sie mit einem Briefumschlag in der einen und Günther in der anderen Hand zurück.

Günther war ein Seeigel und Maris Haustier. Er hatte unzählige lila Stacheln, große Augen und ein noch größeres freches Mundwerk. Er freute sich sichtlich, die Zwillinge zu sehen. »Hab schon fast befürchtet, dass ihr nichts mehr mit uns zu tun haben wollt. Habt ihr mir was zu essen mitgebracht? Ich kriege hier ständig den gleichen Fraß vorgesetzt, das ist auf Dauer etwas eintönig.«

Lena kramte in ihrem Rucksack. »Ähm … ich hab hier

noch eine angebrochene Packung Schokoladenkekse. Kann aber sein, dass die nicht mehr schmecken, die sind schon seit der Klassenfahrt dadrin.«

»Egal, her damit!« Günther stürzte sich mit großem Appetit auf die Kekse und nagte vor lauter Gier das Papier an, in das sie eingewickelt waren.

Trotz allem musste Fritz grinsen. Günther war jedenfalls noch ganz der Alte.

Olf kam mit einem Tablett aus der Küche, auf dem drei Tassen mit dampfendem Kakao und ein Teller voller selbst gebackener Brownies standen. Sie dufteten zwar verführerisch, doch die Zwillinge lehnten dankend ab. Bei Olfs Backwaren konnte man nie ganz sicher sein, ob darin nicht irgendwelche dubiosen Zutaten steckten. Fritz und Lena wussten, dass er in seiner Jugend ziemlich viel mit Seeigel-Gift experimentiert hatte und dagegen quasi immun war, während andere schon bei einer geringen Dosis aus den Latschen kippten.

»Tja, wo soll ich anfangen …« Mari war sichtlich durcheinander. »Ihr erinnert euch doch noch an den Brief, den Konstantin mir gegeben hat.«

Fritz und Lena nickten. »Der Brief von deiner Mutter«, sagte Fritz. Sie hatten also richtig getippt.

»Ja.« Mari drehte den Umschlag in ihren Händen. »Um ehrlich zu sein, hat er mich ziemlich aus der Bahn geworfen. Ich habe nicht damit gerechnet, je wieder von ihr zu hören. Und was sie mir geschrieben hat …« Ihre Hände begannen zu zittern. »Wahrscheinlich ist es am besten, wenn ihr es selbst lest.« Sie reichte Fritz den Brief. Er strich über das samtige perlmuttfarbene Papier und betrachtete die verschnörkelten Buchstaben auf dem Umschlag: *Für Marimiranda* stand darauf. Kein Absender, keine Briefmarke. Er öffnete den Brief und begann vorzulesen.

Liebe Mari,

ich habe lange überlegt, ob ich Dir diesen Brief schreiben soll. Aber ich schulde Dir eine Erklärung. Es ist jetzt schon über zwei Jahre her, dass wir uns das letzte Mal gesehen haben. Dass ich Dich in meinen Armen gehalten habe. Mir kommt es vor, als wäre es erst gestern gewesen.

Sicher warst Du traurig und auch wütend auf mich und bist es vermutlich immer noch. Du hast allen Grund dazu.

Glaub mir, es ist mir nicht leichtgefallen zu gehen, ohne Euch Lebewohl zu sagen. Aber ich konnte einfach nicht zulassen, dass Dir etwas passiert. Vielleicht erinnerst Du Dich noch an den Einbruch im Palast damals, wenige Tage bevor ich Euch verließ. Nach dem Ereignis war ich sicher, dass Du in Gefahr bist. Die bösen Mächte wurden immer stärker, und es war nur eine Frage der

Zeit, bis sich jemand an die Prophezeiung vom Tag Deiner Geburt erinnert hätte. Spätestens dann, wenn Deine besonderen Kräfte zum Vorschein gekommen wären, hätten es alle gewusst. Ich hatte also keine andere Wahl. Die Sturmpiraten und der Geheimbund des Nautilus kämpfen unermüdlich, um unsere Feinde in Schach zu halten, und vorerst konnte das Schlimmste verhindert werden. Aber wer weiß, wie lange noch. Immer wieder finden die Diener der Schattenwelt Schlupflöcher, und wenn es ihnen gelingen sollte, das Tor zu öffnen, werden sie nicht nur alles Leben im Meer, sondern auch die Welt über Wasser bedrohen.

Es ist wichtig, dass Du in Sicherheit bist und dass Olf auf Dich aufpasst. Bitte versuche nicht, mich zu finden, und erzähle niemandem davon. Die Spione unseres Gegners lauern überall. Ich kann nur hoffen, dass Du es eines Tages verstehen wirst. Ich liebe Dich, vergiss das nie.

Deine Mutter
Penelope

Fritz ließ verwirrt den Brief sinken. »Also ich verstehe überhaupt nichts. Welche Prophezeiung meint sie und was für besondere Kräfte?«

Mari zuckte mit den Schultern. »Genauso ging es mir auch. Ich hatte keine Ahnung, dass es überhaupt eine

Prophezeiung gab. Aber Olf hat es mir bestätigt.« Sie blickte Olf an, der auf dem alten Schaukelstuhl Platz genommen hatte.

»Es ist in Almaris Tradition, nach der Geburt eines Kindes das Orakel zu befragen«, erklärte er. »Ich kenne nicht den genauen Wortlaut, aber offenbar hat das Orakel damals prophezeit, dass Mari bei einem Kampf zwischen ›zwei Welten‹ eine wichtige Rolle spielen würde. Und dass sie mithilfe von Gedankenkraft das Wasser beeinflussen kann.«

»Ich habe es in den letzten Wochen immer wieder versucht, im Pool und auch im Meer, aber mehr als ein paar winzige Wellen habe ich nicht zustande gebracht.« Mari seufzte frustriert.

»Sah aber lustig aus, wie du stundenlang das Wasser böse angestarrt hast«, sagte Günther, der immer noch damit beschäftigt war, Lenas alte Kekse zu mampfen.

»Ich wünschte, meine Eltern hätten mir von der Prophezeiung erzählt. Aber sie haben mich bewusst im Dunkeln gelassen.« Sie ballte die Fäuste.

»Sie wollten dich beschützen, besonders nach diesem Einbruch, der nie aufgeklärt werden konnte«, sagte Olf beschwichtigend.

Mari sprang auf. »Ja, aber was bringt mir das denn? So hätte ich mich wenigstens besser vorbereiten können auf das, was kommt.«

»Wie meinst du das?«, wollte Fritz wissen.

»Na ja, das Orakel hat auch gesagt, dass ich bei dem Kampf ...«, Mari unterbrach sich und holte tief Luft, »... sterben könnte.«

Fritz ließ den Brief fallen, und Lena schlug sich die Hand vor den Mund. »Nein.«

Mari nickte. »Und der Brief klingt so, als hätte meine Mutter sich an meiner Stelle geopfert. Es ist ein Abschiedsbrief!« Wieder traten ihr Tränen in die Augen.

Fritz schluckte schwer. Das war ganz schön viel auf einmal. Er konnte gut verstehen, dass Mari sich erst mal zurückgezogen hatte.

»Was meint deine Mutter mit den *Dienern der Schattenwelt*?«, fragte Lena.

Mari zuckte ratlos mit den Schultern. »Das will ich rausfinden. Deswegen habe ich beschlossen, sie zu suchen. Vielleicht kann ich dann Schlimmeres verhindern.«

Fritz und Lena wechselten einen Blick. Davon hatte Hildegard also gesprochen, bevor sie verschwunden war.

»Meinst du nicht, dass das allein ziemlich gefährlich werden könnte?«, fragte Fritz. »Gerade wenn du nicht weißt, mit wem du es zu tun hast?«

Mari hob die Hände. »Was soll ich denn stattdessen tun? Was würdest du machen, wenn jemand, den du lieb hast, einfach spurlos verschwinden würde und du wüsstest, dass er oder sie in Gefahr ist?«

Fritz hatte plötzlich einen Kloß im Hals, weil er an Hildegard denken musste. Hoffentlich ging es ihr gut, wo auch immer sie war.

»Verdammte Axt, schon wieder einer!«, rief Olf plötzlich und schoss wie von der Tarantel gestochen vom Schaukelstuhl hoch. Zwischen Daumen und Zeigefinger hielt er einen Lumi, der gerade dabei war, einen halben Schokoriegel zu vertilgen.

»Unterm Couchtisch hockt noch einer.« Lena zeigte auf den Tintenfisch, der gierig die Chipskrümel auflas.

»Nimm deine Saugnäpfe da weg, die Krümel gehören mir!«, rief Günther und war drauf und dran, sich auf den Lumi zu stürzen. »Oder willst du Bekanntschaft mit meinen Stacheln machen, hm?«

Der kleine Tintenfisch wich verängstigt zurück.

Mari blickte zu Olf und zog eine Augenbraue hoch. »Ich dachte, du hättest den Pool sicher abgedeckt.«

»Hab ich auch, aber diese Mistviecher müssen sich durch die Plane gefressen haben. Argh, so was Blödes. Da muss ich wohl wieder ran.«

Während Olf mit den Lumis schimpfend in Richtung Keller stapfte, hob Fritz den Brief auf und überflog ihn noch einmal.

Über einen Begriff war er vorhin beim Lesen gestolpert. Genau, da stand es: »*Der Geheimbund des Nautilus.* Hast du davon schon einmal gehört? Hildegard hat nämlich auch davon gesprochen … kurz bevor sie verschwunden ist.«

Mari sah ihn mit großen Augen an. »Nein. Aber das ist ja komisch. Könnte es sein, dass deine Schildkröte irgendwas wusste und die Spione, von denen meine Mutter schreibt, sie … mitgenommen haben?«

»Hier steht, dass dieser Geheimbund mit den Sturmpiraten zusammenarbeitet«, murmelte Fritz nachdenklich.

Mari sprang auf. »Natürlich! Warum bin ich nicht gleich darauf gekommen?!«

»Wovon redest du?«, fragte Fritz verwirrt.

»Konstantin hat diesen Brief von den Sturmpiraten bekommen!«, rief Mari.

»Ja und?«

»Erinnert ihr euch noch daran, dass Jacky gesagt hat, sie hätten versucht, meine Mutter zurückzubringen, wären aber nicht erfolgreich gewesen?«

»Mhm.« Fritz konnte ihr nicht ganz folgen. Ein Blick zu Lena verriet ihm, dass es seiner Schwester ähnlich ging.

»Sie konnten sie nicht *zurückbringen* – aber Jacky hat nicht gesagt, dass sie nicht gefunden wurde!«, sagte Mari aufgeregt. »Die beiden müssen sich getroffen haben! Wie hätte meine Mutter ihr sonst den Brief geben sollen? Vielleicht *wollte* sie nicht zurückkommen – oder sie konnte nicht. Oh Mann!« Mari schlug sich mit der flachen Hand gegen die Stirn. »Wie konnte ich nur so blöd sein! Jacky weiß irgendwas, ganz sicher.«

Jetzt fiel es auch Fritz wie Schuppen von den Augen. Es stimmte, Jacky hatte sich ziemlich schwammig ausgedrückt.

»Vielleicht kann sie uns auch mehr über diesen Geheimbund sagen«, überlegte er.

»Stimmt«, meinte Lena. »Und wenn wir Glück haben, können die Sturmpiraten uns auch dabei helfen, Hildegard zu finden.«

»Na, dann nichts wie los!«, quietschte Günther abenteuerlustig.

Klartext

Wenig später kamen die drei Freunde am Einöder Hafen an. In Maris Fahrradkorb befanden sich sage und schreibe neun Lumis, die Olf eingesammelt und einzeln in Gefrierbeutel mit etwas Wasser verpackt hatte. Günther saß daneben und warf den Tintenfischen misstrauische Blicke zu.

»Wenn wir nicht wüssten, wozu die Lumis fähig sind, wären sie echt goldig«, meinte Lena, als sie die Tiere begutachteten. Das Geruckel auf dem Fahrrad schien ihnen nichts ausgemacht zu haben. Im Gegenteil, alle neun wirkten putzmunter und vergnügt.

Die *Roxana*, das wohl modernste Piratenschiff der Welt, war schon von Weitem zu sehen gewesen und stellte alle anderen Boote und Schiffe im wahrsten Sinne des Wortes in den Schatten. Normalerweise hätte ein so großes Schiff überhaupt nicht hier anlegen dürfen – aber das interessierte Jacky herzlich wenig. Jeder, der versucht hatte, sich darüber zu beschweren, hatte irgendwann aufgegeben.

Ein hagerer Mann mit Glatze und Brille war gerade dabei, den Totenschädel auf der Steuerbordseite akribisch nachzupinseln. Als sie näher kamen, winkte er ihnen zu. »Hi, schön, euch wiederzusehen!«

»Hallo, Scotti!«, rief Mari. »Kannst du uns sagen, wo wir Jacky finden?«

»Sie ist mit den anderen dadrin.« Scotti zeigte auf die alte Werfthalle, die seit Jahren nicht mehr für den Schiffsbau genutzt wurde. Es gab darin ein paar merkwürdige Geschäfte, unter anderem einen Laden mit dem Namen *Mandragora – Esoterik & mehr*, aus dem ein sehr aufdringlicher Räucherstäbchengeruch drang. Einige Meter weiter hatten die Sturmpiraten ihren Jetski-Verleih. Sie verkauften dort aber auch Mützen und T-Shirts mit dem Sturmpiraten-Logo, die Jacky selbst designt hatte. Fritz musste zugeben, dass die Klamotten echt cool aussahen. Jacky hatte wirklich Talent.

Momentan war sie jedoch mit anderem beschäftigt. Im hinteren Teil der Werfthalle befand sich die behelfsmäßige Lumi-Auffangstation. Die Sturmpiraten hatten dafür einen alten Container umgebaut, der nun etliche Aquarien mit Lumis beherbergte. Am Eingang wurden die Kinder von Voldemort, Jackys Geier, begrüßt. Als er sie sah, schlug er freudig mit den Flügeln und krächzte.

»Hi, Voldi! Na, geht's dir gut?« Mari kraulte ihm den Kopf.

»Er fühlt sich ein bisschen vernachlässigt, fürchte ich. Hatte in den letzten Tagen nicht viel Zeit für ihn«, sagte Jacky, die hinter einem der Aquarien auftauchte. Die Kapitänin der Sturmpiraten hatte ein Faible für schrille Haarfarben und trug im Moment Knallpink. Sie hatte eine wasserdichte Schürze umgebunden, und ihre Wimperntusche war etwas verlaufen. Fritz fiel außerdem auf, dass sie einige ihrer Piercings herausgenommen hatte.

Jacky hatte seinen Blick bemerkt und zog eine Grimasse. »Eins von den Viechern hat mir gestern fast das Ohrläppchen abgerissen, weil es die Ringe so spannend fand. War mir dann zu riskant.« Sie wies mit einer Hand auf die Aquarien. »Ihr werdet nicht glauben, was hier los ist. Wir haben schon sechshundertneunundfünfzig Lumis eingesammelt.«

»Tja, dann sind es jetzt wohl sechshundertachtundsechzig.« Lena reichte ihr die Gefrierbeutel mit den Tintenfischchen. »Die haben wir in Maris Haus gefunden.«

Jacky nahm sie entgegen und seufzte. »Das nimmt einfach kein Ende.« Sie reichte die Tüten an ihre Kollegin Hilda weiter, die sie inspizierte und Datum und Fundort in eine Liste eintrug.

»Wie läuft es denn mit den Lumis, sind sie friedlich?«, erkundigte sich Fritz.

»Bis jetzt schon, sie sind nur extrem neugierig und haben permanent Hunger«, antwortete Jacky. »Und sie wachsen verdammt schnell. Lange werden wir sie nicht hierbehalten können, dann müssen wir uns was anderes überlegen.«

»Klingt anstrengend«, meinte Fritz.

»Jepp. Ich hoffe, wir kriegen für unsere Arbeit wenigstens eine Auszeichnung vom Bürgermeister. Den goldenen Hasenknopf oder so.« Jacky grinste.

Mari war neben Fritz getreten. »Wir sind aber eigentlich gar nicht wegen der Lumis hier.«

Jacky blickte sie an, wirkte aber kein bisschen überrascht. »Ja, ich hab mich, ehrlich gesagt, schon gefragt, wann ihr hier aufkreuzt. Es geht um den Brief, oder?«

Mari, Fritz und Lena nickten.

»Okay, lasst uns aber besser auf der *Roxana* reden. Ich brauch sowieso dringend mal 'ne Pause.« Jacky nahm die Schürze ab und hängte sie an einen Haken, während Voldi wie selbstverständlich auf ihre Schulter hüpfte. »Klaus, kannst du kurz hier vorne übernehmen?«, rief sie in Richtung der Aquarien.

Klaus streckte den Kopf hinter einem der Regale hervor. »Aye, aye, Captain!«

Er winkte den Kindern zu. »Ihr habt uns noch mehr

Lumis mitgebracht, was? Na, dann wollen wir mal ein Plätzchen für die kleinen suchen.«

Hilda übergab ihm die Tüten, und er verschwand fröhlich pfeifend wieder. Fritz wunderte sich, dass sein Onkel trotz der vielen Arbeit so gut gelaunt war, aber Klaus gehörte eben zu den Menschen, die voll und ganz in ihrem Beruf aufgingen. Und er wusste schließlich nichts von Hildegards Warnung. Hildegard … Fritz verspürte einen schmerzhaften Stich. Hoffentlich würde Jacky ihnen ein paar Antworten geben können.

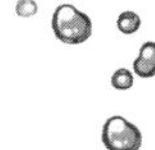

Auf der *Roxana* wurden sie von einem weiteren alten Bekannten begrüßt. Graham der Garstige, seines Zeichens Piratengeist und seit Kurzem der neue Hausmeister auf dem Schiff, war gerade dabei, das Deck zu schrubben. Es sah ziemlich witzig aus, wie das Skelett den Feudel schwang.

»Eigentlich haben wir dafür Putzroboter, aber Graham traut dem ganzen neumodischen Kram nicht.« Jacky verdrehte die Augen.

»Dann dürfte er es auf der *Roxana* ja schwer haben.« Lena lachte.

»Er kann von Glück sagen, dass ich ihn noch nicht gefeuert habe«, knurrte Jacky. »Er ist der schlechteste Hausmeister, den wir je hatten. Aber er liebt diesen Job, und ich bringe es einfach nicht übers Herz.« Sie zuckte mit den Schultern.

Sie gingen ins Innere des Schiffes, wo sich die Kantine befand. Der Essensautomat der Sturmpiraten war einfach sensationell. Man brauchte nur zu sagen, was man essen wollte, und der Automat lieferte einem innerhalb von einer Minute ein perfekt zubereitetes Gericht, egal ob Pommes mit Mayo oder Schweinebraten mit Röstkartoffeln.

Doch heute hatte keiner der drei Freunde Appetit. Nur Günther wollte unbedingt ein Stück Pizza haben, weil er angeblich den ganzen Tag nichts Vernünftiges zu essen bekommen hatte.

»Einen Kaffee, schwarz und ohne Zucker. Und diesmal bitte nicht lauwarm«, sagte Jacky. Kurz darauf stieß sie einen Fluch aus, weil der Becher, den das Gerät ausspuckte, kochend heiß war und sie sich daran fast die Finger verbrannte. »Blödes Ding!«

Der Automat quittierte die Beleidigung mit einem schrillen Piepen und einer *Error*-Anzeige und verabschiedete sich kurz darauf komplett.

»Bestimmt ist wieder die Sicherung abgeraucht.« Jacky seufzte. »Graham soll sich das später anschauen.«

Sie nahmen auf den weißen Kantinenstühlen Platz, die zwar stylisch aussahen, aber extrem unbequem waren.

Fritz merkte, dass Mari nervös war. Sie wippte mit dem Fuß und knetete ihre Finger.

Jacky nahm einen Schluck Kaffee und lehnte sich zurück. »Ihr habt sicher einen Haufen Fragen.«

»Warum hast du uns angelogen?«, platzte Mari heraus. »Du hast gesagt, dass ihr meine Mutter nicht gefunden habt!« Sie schaute Jacky anklagend an.

Jacky schüttelte den Kopf. »Ich habe nie gesagt, dass unsere Suche erfolglos war. Nur dass wir Penelope nicht zurückbringen konnten. Ich gebe ja zu, dass das ein bisschen geschummelt war.« Sie sah etwas zerknirscht aus. »Aber ich musste deiner Mutter damals versprechen, weder dir noch deinem Vater etwas zu sagen.«

Mari stützte sich mit den Ellenbogen auf den Tisch und lehnte sich vor. »Du weißt also, wo sie ist?«

Jacky wiegte den Kopf hin und her. »Nicht direkt. Aber ich konnte vor ein paar Wochen mit ihr sprechen und habe ihr von unserem Treffen erzählt, weil ich den Eindruck hatte, dass dich ihr Verschwinden ziemlich mitgenommen hat. Daraufhin hat sie mir den Brief für dich zukommen lassen.«

Mari schüttelte den Kopf. »Ich versteh nur Bahnhof.«

»Okay, es ist wahrscheinlich besser, wenn ich ganz von vorne anfange.« Jacky holte tief Luft. »Als wir uns auf Huiselskroog begegnet sind, habe ich nichts davon gesagt, aber Penelope und ich kennen uns von früher. Bevor sie deinen Vater kennenlernte und beschloss, bei ihm in Almaris zu bleiben, war sie Mitglied der Sturmpiraten.«

Oha. Damit hatte Fritz nicht gerechnet. Auch Lena und Mari sahen die Piratenkapitänin ungläubig an.

»Was?«, fragte Mari tonlos.

Jacky fuhr fort: »Meine Oma, die damals Kapitänin war, hat sie aufgenommen, als Penelope siebzehn war. Ich war zu der Zeit elf und habe sie glühend bewundert. Sie war wunderschön und mutig und gleichzeitig irgendwie geheimnisvoll. Ich wollte so sein wie sie. Die anderen Besatzungsmitglieder haben sich manchmal über mich lustig gemacht, weil ich eben noch ein Kind war, aber nicht Penelope. Sie hat mich sogar vor den anderen verteidigt. All die Jahre war sie wie eine große Schwester für mich. Wir waren unzertrennlich und hatten keine Geheimnisse voreinander – zumindest dachte ich das. Deshalb hat es mich vielleicht so hart getroffen, als sie mir erzählt hat, dass sie sich in Wunibald verliebt hatte und zu ihm nach Almaris ziehen wollte.«

Jacky machte eine Pause und betrachtete ihre Finger. Man konnte ihr ansehen, dass es ihr noch immer schwerfiel, darüber zu sprechen. »Ich konnte einfach nicht verstehen, was sie an ihm fand. Wunibald war viel älter als sie, und na ja … nicht gerade ein Adonis. Jetzt bin ich natürlich nicht mehr so oberflächlich, und ich weiß aus eigener Erfahrung, dass man nicht steuern kann, in wen man sich verliebt.« Ein Lächeln huschte über ihr Gesicht, dann wurde sie wieder ernst. »Aber damals ist für mich eine Welt zusammengebrochen. Ich war furchtbar wütend und enttäuscht, weil sie mich einfach im Stich ließ. Alle sind davon ausgegangen, dass Penelope die neue Kapitänin werden würde, wenn meine Oma in Rente ging. Aber sie hat mit Mitte zwanzig alles aufgegeben, um Wunibald zu heiraten und mit ihm eine Familie zu gründen: die Sturmpiraten, ihr altes Leben an Land, ihre Freiheit … jedenfalls habe ich es so empfunden. Wir haben uns deswegen ziemlich gestritten, und ich habe ihr einige Dinge an den Kopf geworfen, auf die ich nicht stolz bin.« Sie schluckte. »Dinge, die man eigentlich nicht zurücknehmen kann. Und als sie sich von mir verabschieden wollte, hab ich ihr die Tür vor der Nase zugeknallt. Es ist ein Wunder, dass sie überhaupt noch mit mir redet.«

»Oh Mann.« Mari schüttelte ungläubig den Kopf. »Das hat sie mir alles nie erzählt.«

»Wahrscheinlich wollte sie einfach einen Schlussstrich unter ihr altes Leben ziehen«, meinte Jacky. »Ich kann es ihr nicht verdenken. Du weißt, dass sie ihre leiblichen Eltern nie kennengelernt hat?«

Mari nickte. »Sie ist bei einer Pflegemutter aufgewachsen und früh von zu Hause ausgezogen.«

»Ich glaube, Penelope war lange auf der Suche und wusste selbst nicht genau, wonach. Die Sturmpiraten waren eine Zeit lang eine Art Ersatzfamilie für sie, aber irgendwann hatte sie genug von den Abenteuern. Und bei

Wunibald in Almaris muss sie das Gefühl gehabt haben, endlich angekommen zu sein und ganz sie selbst sein zu dürfen.« Sie seufzte. »Eigentlich eine sehr schöne Geschichte …«

»… nur dass sie kein Happy End hat«, fügte Mari bitter hinzu.

»Hat sie dir gesagt, warum sie weggegangen ist?«, fragte Lena.

»Die ersten Jahre in Almaris müssen wunderbar gewesen sein«, erzählte Jacky weiter. »Und dann kamst du.« Sie sah Mari an. »Penelope war überglücklich. Sie hatte sich immer ein Mädchen gewünscht. Alles schien perfekt. Tja, und dann hat ihr dieses Orakel mit seiner Prophezeiung einen riesigen Schrecken eingejagt. Wunibald hat gesagt, sie solle sich nicht so verrückt machen, denn die Orakel können auch irren. Aber Penelope hat das Ganze keine Ruhe gelassen. Sie wollte unbedingt wissen, was das für böse Mächte sind, und einen Weg finden, die Gefahr abzuwenden.«

»Kann ich gut verstehen«, sagte Fritz. »Wenn mir jemand prophezeien würde, dass meinen Eltern oder Lena etwas Schlimmes passieren wird, würde ich auch alles tun, um das zu verhindern.«

Lena sah ihn ernst an und nickte.

»Penelope nahm schließlich Kontakt zum Geheimbund des Nautilus auf. Wie ihr wisst, sorgen die Sturmpiraten dafür, dass das Gleichgewicht zwischen den Welten über und unter Wasser bestehen bleibt.«

Die drei Freunde nickten.

»Nun, der Geheimbund des Nautilus macht ungefähr das Gleiche für die Unterwasserwelt und … jenes Reich, dass sich tief darunter befindet.«

Fritz stutzte. »Was soll das heißen? Es gibt noch eine Welt, die sich *unter* dem Meeresboden befindet?«

»Du hast es erfasst. Darüber ist nur sehr, sehr wenig bekannt. Wir nennen diesen Ort Unterwelt oder auch Schattenwelt, und es heißt, dass dort unten böse Mächte lauern, die nur darauf warten, herauszukommen und alles Leben im Meer zu verderben.«

»Hältst du es für möglich, dass die Lumis auch mit der Schattenwelt in Verbindung stehen?«, wollte Fritz wissen. »Dass sie böse sind?«

Jacky sah ihn überrascht an. »Wie kommst du denn darauf? Ich meine, die Viecher sind zwar irgendwie nervig, aber böse?«

»Hildegard … also meine Schildkröte hat so etwas angedeutet.«

Jacky hob eine Augenbraue. »Deine Schildkröte kann sprechen?«

»Nur manchmal«, sagte Fritz. »Genau genommen, war das gestern erst das zweite Mal. Sie hat gesagt, dass die Lumis kein gutes Zeichen wären und die bösen Mächte auf dem Vormarsch sind. Und kurz darauf ist sie spurlos verschwunden.«

Jacky zwirbelte nachdenklich eine pinke Haarsträhne. »Daran hab ich noch gar nicht gedacht.«

Plötzlich vibrierte Jackys Handy, das auf dem Schreibtisch lag. Es war ein seltsames klobiges Teil, das aussah, als könnte man damit einen Nagel in die Wand schlagen – oder einem Feind eins überbraten. Voldi machte einen langen Hals, nahm das Gerät in den Schnabel und reichte es Jacky.

»Danke, Voldi.« Jacky blickte auf das Display, und ihre Augen weiteten sich. »Das gibt's doch nicht. Gedankenübertragung?« Sie hielt den Freunden das Display hin, damit sie lesen konnten, was dort stand. Der Absender war eine gewisse Margot, und die Nachricht war ziemlich kurz gehalten:

Achtung, Lumis sind feindselig! Sie dürfen Mari nicht erwischen. Bleibt, wo ihr seid, wir schicken euch Trixi.

»Was heißt das denn nun schon wieder?«, fragte Lena.

»Tja«, Jacky holte tief Luft, »so wie's aussieht, werdet ihr schon bald Bekanntschaft mit dem Geheimbund machen.«

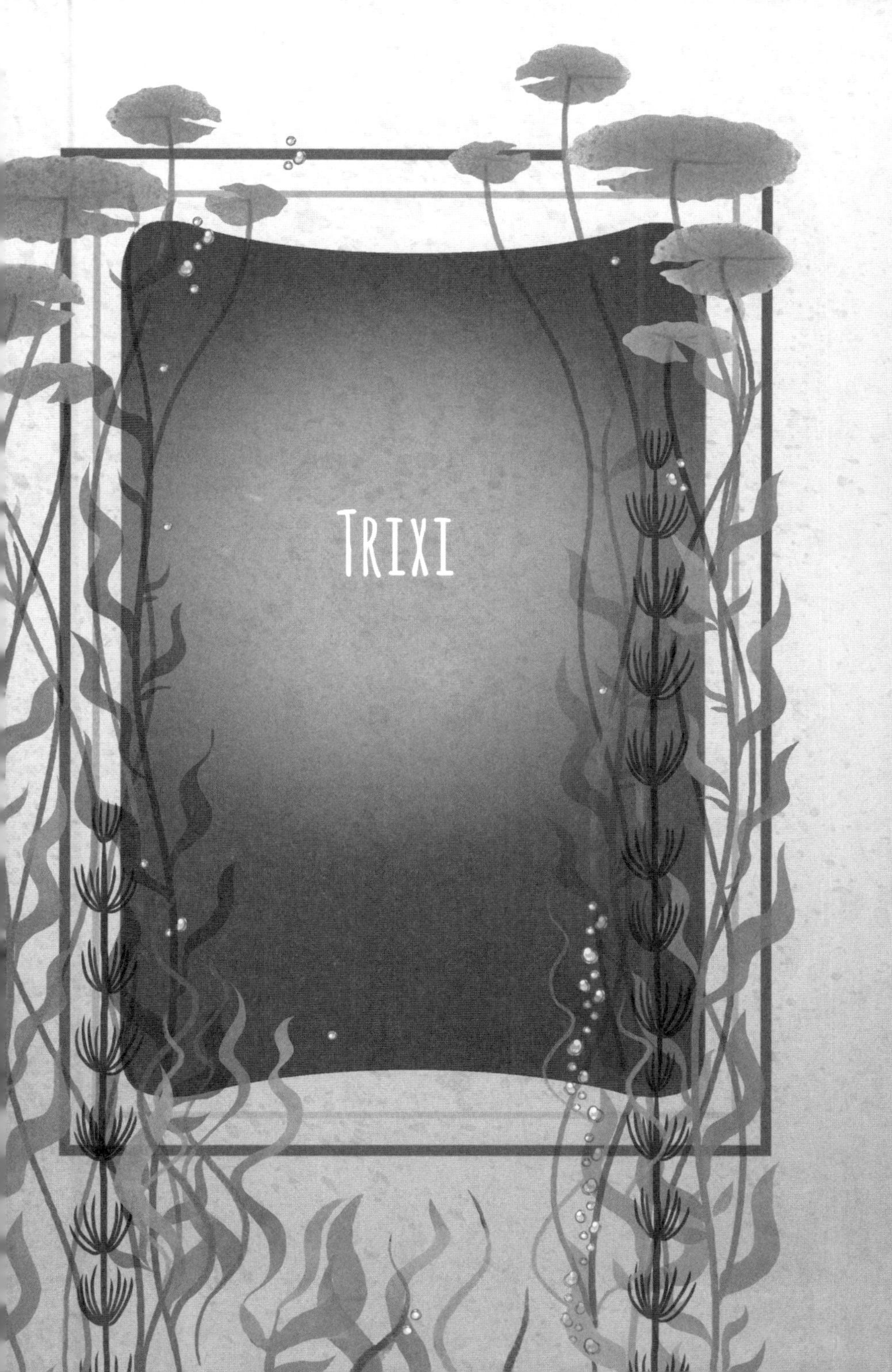
Trixi

Ich verstehe es noch immer nicht ganz«, sagte Mari. »Wer sind Margot und Trixi, und was haben sie mit uns vor?«

Jacky und die Kinder warteten an Deck der *Roxana*, nachdem eine weitere Nachricht von Margot angekündigt hatte, dass Trixi in zehn Minuten eintreffen werde. Sie schauten aufs offene Meer hinaus, aber bis jetzt war nichts zu sehen.

Fritz hatte ein flaues Gefühl im Magen. Er hatte zwar schon die ganze Zeit über gespürt, dass mit den Lumis irgendetwas nicht stimmte, aber es dann schwarz auf weiß zu lesen, war etwas ganz anderes. Und wieso hatten sie es auf Mari abgesehen? Ob es auch mit dem Brief zusammenhing?

»Margot ist meine Oma«, erklärte Jacky ihnen. »Die

Gute war gerade mal drei Monate in Rente, als sie festgestellt hat, dass ihr das viel zu langweilig ist. Sie wollte weiter die Meere unsicher – oder besser gesagt sicherer – machen. Also hat sie sich dem Geheimbund angeschlossen. Sie ist sogar die Chefin.«

»Was, echt jetzt?«, fragte Fritz überrascht. »Deine Oma scheint ja krass drauf zu sein.«

Jacky lachte. »Allerdings. Sie ist zwar schon gut über siebzig, aber von Abenteuern bekommt sie einfach nicht genug. Ich glaube, ihr werdet sie mögen.«

»Werden wir denn bis heute Abend wieder zu Hause sein?«, erkundigte sich Lena. »Wenn wir nicht heimkommen, machen sich unsere Eltern bestimmt Sorgen.«

Jacky legte die Stirn in Falten. »Darauf würde ich nicht wetten. Ich sage euren Eltern einfach, dass ihr Klaus und mir mit den Lumis helft. Das ist noch nicht einmal gelogen. Die Hauptsache ist, dass ihr beim Geheimbund erst mal sicher seid.«

»Wer gehört denn noch zu dem Geheimbund?«, wollte Mari wissen.

»Das weiß ich nicht genau.« Jacky zuckte mit den Schultern. »Deshalb heißt er ja Geheimbund. Wir arbeiten zwar zusammen, wenn es drauf ankommt, aber ansonsten macht jeder sein eigenes Ding. Wir haben nur die hier, um uns auszutauschen.« Sie zeigte auf das seltsame Handy, auf dem jetzt eine Karte zu sehen war. Ein blauer

Punkt zeigte ihren Standort auf der *Roxana* an, und ein kleiner roter Punkt bewegte sich auf sie zu.

»Ah, da kommt auch schon Trixi«, meinte Jacky. »Ich hoffe, ihr habt heute nicht zu viel gegessen.«

Bevor Fritz fragen konnte, was das denn nun schon wieder heißen sollte, tauchte aus dem Wasser unter ihnen etwas auf, das aussah wie eine Art gigantisches Schneckenhaus.

»Hallo, Trixi!«, rief Jacky. Das Schneckenhaus wippte im Wasser, und Fritz konnte sehen, dass sich an den Seiten zwei Augen befanden. Es sah aus, als zwinkerte das Wesen ihnen zu.

»Was ist *das* denn?«, fragte Lena fassungslos.

»Bäh, ich mag keine Schnecken, die sind mir zu schleimig«, meinte Günther.

»Sieht aus wie … ein Nautilus«, stellte Fritz fest. »Nur dass die normalerweise viel kleiner sind.« Er hatte erst neulich in einem von Klaus' Wissenschaftsmagazinen einen Artikel über Nautiliden gelesen. Es waren wirklich faszinierende Kreaturen.

Unter der Kopfkappe des Wesens saßen zahllose Tentakel, die sich wie Fühler hin und her bewegten.

Jacky kicherte. »So was wie Trixi habt ihr bestimmt noch nie gesehen. Wenn ich Zeit hätte, würde ich ja mitkommen. Aber ich fürchte, ich muss mich wieder um die Lumis kümmern und dafür sorgen, dass die nicht noch mehr Schaden anrichten.« Sie klatschte in die Hände. »Okay, dann mal runter mit euch!«

»Moment mal, ich wollte heute eigentlich nicht unbedingt tauchen gehen«, beschwerte sich Lena und sah an sich herunter. »Mama killt mich, wenn ich meine neue Jeans ruiniere.«

»Keine Sorge, ihr werdet nicht nass«, versicherte Jacky ihr. »Trixi wird euch sagen, was zu tun ist. Hier, ihr könnt den Jetski-Aufzug benutzen.«

An der Seite der *Roxana* gab es mehrere Seilzüge, mit deren Hilfe die Sturmpiraten ihre Jetskis zu Wasser lassen oder wieder herausholen konnten. Anstelle eines Jetskis war an einem von ihnen nun eine metallene Plattform befestigt, auf die Fritz, Lena und Mari traten. Günther hüpfte widerwillig in Maris Jackentasche.

»Passt auf euch auf!«, rief Jacky ihnen noch hinterher, und dann ging es auch schon nach unten, direkt auf das seltsame Tier zu.

Als sie bei ihm ankamen, sah Fritz, dass das rechte Auge nicht mehr da war. Dort, wo es sich gerade eben noch befunden hatte, klaffte ein Loch. Er konnte nicht erkennen, was sich dahinter befand, aber es sah ein bisschen unheimlich aus.

»Guten Tag, ich bin Trixi«, sagte eine weibliche Stimme, die sanft, aber auch irgendwie metallisch klang. »Ich heiße euch herzlich willkommen. Kommt doch an Bord.«

Die Freunde sahen einander unschlüssig an.

»Wie … ähm … wie genau kommen wir denn an Bord?«, fragte Lena.

»Klettert einfach durch das Auge«, sagte die Stimme. Aus der Nähe wirkte der Nautilus noch viel größer, und das Loch war groß genug für einen Erwachsenen.

Vorsichtig machte Fritz einen Schritt auf die Schale, die sich tatsächlich so anfühlte wie das Gehäuse einer Schnecke. Sie war glitschig, und er musste aufpassen, dass er nicht den Halt verlor. Langsam tastete er sich vorwärts, bis er das Loch erreichte und hindurchklettern konnte. Mari und Lena folgen ihm.

Hinter ihnen klappte das Auge wieder zu, und zuerst sahen sie rein gar nichts. Um sie herum herrschte vollkommene Schwärze, und alles, was sie hören konnten, war ein leises Surren.

Dann plötzlich, ohne Vorwarnung, erklang eine Fanfare, und ein greller Computerbildschirm flackerte vor ihnen auf. *Hallo, Mari, Lena und Fritz!*, stand in bunten Lettern darauf, die Fritz an die Versuche seines Vaters erinnerten, eine eigene Homepage für den Souvenirladen zu basteln. Fritz blickte sich um. Im Schein des Computerschirms konnte er sehen, dass sie sich in einem runden Raum befanden, der ein wenig an das Innere eines Kleinbusses erinnerte – nur dass die zwei Sitzreihen im Halbkreis angeordnet waren. Außer ihnen war niemand da.

»Ich freue mich, dass ihr hier seid«, sagte Trixis Stimme von irgendwoher über ihnen. »Falls ihr euch fragt, wer oder was ich bin: Ich bin ein sogenannter Riesen-Nautilus, ausgestattet mit einer künstlichen Intelligenz. Ich wurde von Professor Ingrid Rasmussen gebaut, die mich nach ihrer Mutter Beatrix benannt hat. Nautiliden werden übrigens auch Perlboote genannt und sind mit den Tintenfischen verwandt. Und wie der Name schon sagt, bin ich tatsächlich ein Boot – oder besser gesagt, ein Tauchboot.«

Dazu zeigte der Bildschirm ein animiertes Computermodell des Nautilus-Bootes. Abgesehen von den zwei Seitenfenstern, die die Augen darstellten, verfügte Trixis Gehäuse über mehrere Sensoren und Kameras, die zeigten, was sich vor und hinter ihr befand.

Lena sah sich fasziniert um. »Krass, und es gibt keinen Kapitän?«

»Nein, ich kann selbstständig navigieren«, sagte Trixi. »Und ich komme mit ganz wenig Nahrung aus, die ich direkt in Energie umsetzen kann. Mir geht also nie der Treibstoff aus.«

»Wahnsinn.« Auch Fritz war beeindruckt. Er hatte zwar schon ein paarmal in U-Booten gesessen, aber Trixi war vollkommen anders. Ein Tauchboot, das sprechen konnte – wie cool war das denn?

»Nun würde ich euch bitten, Platz zu nehmen und euch

anzuschnallen«, sagte die Stimme. »Getränke und eine kleine Stärkung findet ihr in der Klappe rechts neben eurem Sitz. Und bitte wundert euch nicht, die Fahrt könnte ein klein wenig ruckelig werden.«

Die drei Freunde folgten der Aufforderung und suchten sich jeder einen Platz. Günther stürzte sich sofort auf Maris Snackfach, und auch Fritz fischte ein kleines Tütchen aus der Mulde neben seinem Sitz und probierte eins von den grünen Bällchen, die sich darin befanden. Es schmeckte ein bisschen nach Kokosnuss und Zitrone, auf jeden Fall lecker.

»Seid ihr bereit?«, fragte Trixi, als alle angeschnallt waren.

Die Kinder bejahten.

»Dann auf zum Geheimbund des Nautilus!«

Fritz spürte einen leichten Druck auf den Ohren, als der Nautilus sich in Bewegung setzte und langsam untertauchte. Durch die Augen konnte man nach draußen ins Meer schauen.

Ein paar Fische blickten dem sonderbaren Gefährt verwundert hinterher.

Die Tauchfahrt war tatsächlich ziemlich wackelig und schlimmer, als wenn ein Flugzeug durch eine Gewitterfront flog. Fritz hatte gelesen, dass sich Nautiliden mithilfe des Rückstoßprinzips fortbewegten, was zu wippenden und torkelnden Bewegungen führte. Das mochte von außen vielleicht lustig aussehen, aber wenn man in einem drinsaß, war es alles andere als ein Spaß.

Fritz sah hinüber zu Lena und Mari, denen es ähnlich zu gehen schien. »Oje, das ist ja schrecklich«, jammerte Lena. »Wie lange müssen wir fahren?«

»Wir werden in ungefähr zweiunddreißig Minuten und neunundvierzig Sekunden unser Ziel erreichen«, sagte Trixi freundlich. »Falls jemandem schlecht wird, die Spucktüten befinden sich in der Tasche links am Sitz.«

Fritz hatte zwar nicht das Gefühl, sich übergeben zu müssen, aber er wünschte sich trotzdem, er hätte das Kokosbällchen nicht gegessen. Es fühlte sich an, als würde sein Magen wie in einer Schiffschaukel auf und ab wippen. Der Blick aus dem Fenster half dabei auch nicht wirklich.

»Oh Gott, das halte ich nicht aus!«, stöhnte Lena. Sie war inzwischen ganz grün im Gesicht.

»Trixi, kannst du vielleicht wieder dunkel machen?«, bat Fritz. »Und hast du irgendwas zur Entspannung?«

»Natürlich«, sagte Trixi. Sofort fuhren zwei Fensterblenden herunter, und der Bildschirm schaltete sich ab. Ein frischer Zitrusduft wehte durch den Raum, und dazu ertönten leise, beruhigende Klänge, die Fritz ein bisschen an die Musik erinnerten, die Mama bei ihren Yogaübungen hörte.

»Ah danke, viel besser.« Lena lehnte sich in ihrem Sitz

zurück, und auch Fritz versuchte, tief durchzuatmen und etwas zur Ruhe zu kommen, während der Nautilus immer tiefer tauchte. Aus dem Augenwinkel nahm er wahr, dass Mari neben ihm noch immer sehr angespannt wirkte.

Ohne nachzudenken, ergriff er ihre Hand. »Hast du Angst?«, fragte er leise.

Mari nickte wortlos.

»Wir kriegen das schon irgendwie hin«, flüsterte Fritz. Er konnte sich selbst nicht erklären, warum er so ruhig war. Aber Mari hatte ihm und Lena schon so oft Mut gemacht, und er spürte, dass er jetzt das Gleiche für sie tun musste.

Sie waren vielleicht eine Viertelstunde unterwegs, und Fritz hatte sich schon fast an das Schaukeln gewöhnt, als Trixi merklich langsamer wurde.

»Sind wir schon da?«, fragte Lena.

»Nein, ich muss kurz sondieren«, antwortete Trixi. »Vor uns befindet sich ein Hindernis, das ich hier nicht erwartet habe.«

Die Fensterblenden öffneten sich wieder, und auf dem Bildschirm erschien nun eine Radaransicht, die mehrere kleine Objekte zeigte, die sich auf Trixi zubewegten. Und nicht nur das, es schienen immer mehr zu werden.

Fritz lehnte sich in seinem Sitz vor. »Was ist das?«

»Es sieht aus wie eine Schar Tintenfische«, sagte Trixi. »Einen Moment, Hindernis wird gescannt.«

Fritz schwante Übles, als der Nautilus einen Scanvorgang startete und kurz darauf die Umrisse eines der Tiere auf dem Bildschirm erschienen. Zunächst war das Bild sehr grobkörnig, aber dann wurde es nach und nach schärfer, und man konnte eindeutig erkennen, um was es sich handelte. Das Tier hatte einen runden Kopf und sieben Fangarme.

»Lumis«, flüsterte Fritz. »Massenweise Lumis.«

Mari blickte zu ihm herüber. »Das kann nichts Gutes bedeuten.«

»Ich fürchte, diese Spezies ist feindlich«, sagte Trixi. »Starte Ausweichmanöver jetzt.«

Der Nautilus machte ruckartig einen Satz nach hinten und begann, wieder nach oben zu steigen. Aber die Lumis waren schneller. Auf dem Radar konnte man sehen, wie sie Trixi erreichten.

»Oh-oh!«, sagte Günther nur noch und krallte sich panisch an Maris T-Shirt fest.

Keine Sekunde später raste der ganze Schwarm auf sie zu. Das U-Boot wurde abrupt nach rechts geworfen.

Fritz, Lena und Mari schrien gleichzeitig auf.

Kurz darauf griffen die Lumis von der anderen Seite an. Wie ein Pingpongball wurde das Perlboot hin und her geschleudert. Es war schlimmer als jede Achterbahnfahrt, die Fritz jemals erlebt hatte – sogar die auf der Holzbahn mit den drei Loopings. Er hatte das Gefühl, dass sein Magen erst in den Kniekehlen und in der nächsten Sekunde irgendwo hinter seinen Ohren hing.

»Wir müssen irgendwas unternehmen!« Lena machte Anstalten, ihren Gurt zu lösen.

»Das würde ich dir nicht empfehlen«, warnte Trixi. »Beim nächsten Angriff klebst du sonst an der Decke.«

»Mist.« Lena ließ die Hand sinken. »Und jetzt?«

Die Lumis wurden immer aggressiver, und plötzlich schlossen sie sich zu einem Ring zusammen und drückten von allen Seiten gegen das Boot. Durch das Auge des Nautilus konnte Fritz die einzelnen Lumis sehen. Sie waren inzwischen bestimmt einen halben Meter groß. Sie rissen ihre Münder auf, und ihre Gesichter waren zu hässlichen Fratzen verzerrt.

Immer stärker pressten sie gegen das U-Boot, und Fritz konnte hören, wie das Gehäuse über ihnen knackte. Sein Herz schlug ihm bis zum Hals.

»Die zerquetschen uns!« Als die *Berta* leckgeschlagen war, hatte Fritz panische Angst gehabt, sie würden ertrinken. Aber die Vorstellung, bei lebendigem Leib zermalmt zu werden, war noch viel schlimmer. Er schloss die Augen und dachte, dass sie wohl nie erfahren würden, was mit Hildegard passiert war oder wo Maris

Mutter steckte. Dann musste er an seine eigenen Eltern denken. Sie wussten nicht einmal, wo Lena und er waren …

ZISCH! Etwas sehr Schnelles sauste an Trixis Gehäuse vorbei und traf mitten in die Menge. Die Lumis heulten kollektiv auf wie ein großes, verwundetes Tier. Kurz wurde ein weiteres Geschoss abgefeuert. Erneut erklang ein entsetzliches Brüllen, und die drei Freunde wurden derart durchgeschüttelt, dass sie beinahe vergaßen, wo oben und unten war. Doch plötzlich gaben die Lumis den Nautilus frei.

Erleichtert, aber auch verwirrt, blickte Fritz sich um. Auch Lena, Mari und Günther schien es gut zu gehen. Fritz war heilfroh, dass sie alle die ganze Zeit über angeschnallt geblieben waren. Andernfalls hätten sie sich bestimmt etwas gebrochen.

Auf dem Radarbildschirm konnten sie sehen, dass die Lumis auseinanderstoben – sie nahmen Reißaus!

»Was ist denn jetzt passiert?« Lena sprach das aus, was Fritz gerade dachte.

»Wir haben Hilfe bekommen«, meldete sich Trixi wieder zu Wort. Sie zoomte auf dem Radarbildschirm ein Stück hinein, und jetzt sah Fritz, dass dort vor dem U-Boot noch eine Gestalt war – allerdings kein Lumi, sondern eine mit zwei Armen und zwei Beinen. Ein Taucher! Er hielt einen länglichen Gegenstand in den Händen. Bei näherem Hinsehen erkannte Fritz, dass er gar keine Tauchausrüstung zu tragen schien. Wie war das möglich?

Jetzt fing der Taucher an zu gestikulieren und schob schließlich sein Hosenbein ein Stückchen nach oben. Trixi zoomte noch mal ins Bild, und nun konnte Fritz sehen, worauf der Taucher zeigte: An dessen rechtem Knöchel befand sich eine Tätowierung, nur wenige Zentimeter groß: ein kleiner Nautilus.

Trixi sagte: »Alles klar, du kannst an Bord kommen. Bereit?«

Der Taucher nickte und verschwand dann aus ihrem Blickfeld.

»Keine Sorge, wir können ihm vertrauen. Er trägt das Zeichen des Nautilus. Es handelt sich also um ein Mitglied des Geheimbundes«, erklärte Trixi den Kindern, obwohl Fritz sich das bereits gedacht hatte.

»Ich bitte, diesen Zwischenfall zu entschuldigen«, fuhr Trixi fort. »Mit einem solchen Angriff habe ich nicht gerechnet, und in meiner Datenbank sind noch zu wenig Informationen über die Lumis hinterlegt. Aber es ist ja noch mal gut gegangen.« Ihre Stimme klang erstaunlich ruhig für das, was sie gerade erlebt hatten – aber sie war ja auch ein Roboter.

»Bitte begrüßt mit mir unseren Retter!« Trixi spielte einen Tusch und ließ Konfetti über den Bildschirm rieseln, als sich hinter ihnen eine Tür öffnete und eine triefende Gestalt hereinschlurfte.

Ihre Statur kam Fritz nur allzu bekannt vor. Ihm stockte der Atem. »Das gibt's doch nicht.«

Lena stieß vor Überraschung die Luft aus, während Mari ihren Gurt öffnete und freudig auf die Person zurannte. »Olf!«

Der
Geheimbund
des Nautilus

Ich dachte schon, wir kommen hier nicht mehr lebend raus!« Mari umarmte Olf stürmisch, was diesem sichtlich unangenehm war. Zu seinen Füßen bildete sich eine Pfütze, und in der rechten Hand hielt er immer noch den länglichen Gegenstand. Er sah aus wie eine Harpune.

»Wie hast du uns gefunden, und was machst du überhaupt hier?«, fragte Mari, als sie ihn schließlich losließ.

»Ja, und warum hast du uns nicht erzählt, dass du Mitglied des Geheimbundes bist?«, fragte Lena, die ihre Sprache wiedergefunden hatte.

»Tja, das ist ’ne längere Geschichte.« Olf kratzte sich an seinem Bart. Er ließ sich auf einen der Sitze sinken. »Nachdem Margot an alle Mitglieder die Nachricht geschickt hat, dass die Lumis feindselig sind, bin ich sofort los. Ich wusste ja, dass ihr zur Auffangstation wolltet, und Jacky hat mir dann berichtet, dass Trixi euch abgeholt hat. Ich hatte irgendwie ein ungutes Gefühl, deshalb bin ich euch gefolgt.«

Fritz erinnerte sich wieder daran, wie Mari sie damals aus der havarierten *Berta* befreit hatte. Sie hatte erklärt, dass die Almarer es spüren konnten, wenn ein Freund in Gefahr war. Zum Glück hatte Olf direkt gehandelt!

»Was ist das?« Fritz zeigte auf die Harpune.

Olf klopfte auf das Metallgehäuse. »Eine pneumatische Taucher-Harpune. Die Wurfspieße sind mit einer speziellen Substanz behandelt, die die Lumis nicht vertragen. Hätte ich mal vorher gewusst, wie gefährlich die Dinger sind, wäre das Teil schon viel früher zum Einsatz gekommen.« Er machte ein grimmiges Gesicht. »Tut mir leid, dass es erst so weit kommen musste.«

»Wir sind dir sehr dankbar, dass du uns gerettet hast«, sagte Mari. »Oder?« Sie warf Fritz und Lena einen fragenden Blick zu.

Während Fritz nickte, kniff Lena die Augen zusammen. »Klar, aber ich will immer noch wissen, warum er uns nicht gesagt hat, dass er dem Geheimbund angehört.

Wusstest du davon?« Sie wandte sich Mari zu, doch die schüttelte den Kopf.

Olf hob die Schultern. »Na, das ist doch der Sinn eines *Geheim*bundes, dass er geheim ist. Außer den Mitgliedern sind wirklich nur ganz wenige Leute eingeweiht. Bisher hatte unsere Arbeit einfach keine Berührungspunkte mit euch.«

»Und das Verschwinden von Maris Mutter? Ist das etwa kein Berührungspunkt?«, bohrte Lena nach. »Jacky hat gesagt, dass ihr mit Penelope in Kontakt steht.«

Auch Mari blickte Olf jetzt fragend an.

Olf schüttelte den Kopf. »Das stimmt so nicht. Aber du hast recht, wir hätten ihr das früher sagen sollen.«

»Und warum habt ihr es nicht gemacht?«, erkundigte sich Fritz jetzt. »Warum erst jetzt, zwei Jahre später?«

»Als Penelope aus Almaris fortgegangen ist, wollte sie nicht, dass Mari den Grund erfährt«, erklärte Olf. »Aber nachdem sie ihr den Brief geschrieben hat, sind wir übereingekommen, dass es besser wäre, sie einzuweihen. Zumal die Lage durch die Lumis immer brenzliger wird. Aber das erklären wir euch am besten alles, wenn wir da sind.« Er zeigte auf den Bildschirm.

Trixi hatte ihren Kurs wieder aufgenommen. »Fünfhundertachtzig Meter«, sagte sie. »Wir haben fast den Meeresgrund erreicht.«

Der Nautilus hielt nun auf etwas zu, das aussah wie der

zerborstene Bug eines Schiffes. Je näher sie kamen, desto deutlicher konnte Fritz es sehen.

»Ein Schiffswrack?«

Olf nickte. »Ein alter Dreimaster, der im neunzehnten Jahrhundert während eines Sturms gesunken ist. Seit ein paar Jahren ist es der geheime Stützpunkt des Nautilus-Bundes.«

»Das ist ja gruselig«, meinte Lena.

An der maroden Außenseite wuchsen Moos und Algen, die eiserne Reling war fast vollständig von Rost überzogen, und der abgebrochene Hauptmast lag quer über dem Schiffskadaver. Außer Trixis Scheinwerfern gab es hier unten keine Lichtquelle, was das Schiff gespenstisch wirken ließ.

»Da würden mich normalerweise keine zehn Seepferdchen reinbringen«, brummelte Günther.

Olf nickte. »Nur wenige Meeresbewohner verirren sich hierher, weil die meisten denken, dass das Schiff verflucht ist und die Geister der Ertrunkenen jeden verfolgen, der ihm zu nahe kommt. Wir haben natürlich auch unseren Teil getan, um den Mythos am Leben zu erhalten.« Er kicherte.

Trixi navigierte jetzt um das Wrack herum und glitt durch ein großes Loch im Deck in den Innenraum. Beklommen blickte Fritz durch Trixis rechtes Auge nach draußen. Fast hatte er das Gefühl, als würde das kleine

U-Boot von dem Geisterschiff verschluckt werden. Als sie tiefer sanken, konnte Fritz einen Blick in eine der Kajüten erhaschen, und im Scheinwerferlicht blitzte etwas auf, das aussah wie Knochen. Ihm lief ein Schauer über den Rücken, und er schüttelte sich unwillkürlich.

Wenig später hielten sie an, und ein Ruck ging durch das U-Boot, so als hätte es irgendwo angedockt. »Bitte alle aussteigen, wir sind da!«, verkündete Trixi. »Ihr müsst diesmal den anderen Ausgang nehmen.«

Auf dem Bildschirm erschien der Schriftzug *Macht's gut, Freunde, und bis bald!* und ein Pfeil, der den Weg nach draußen anzeigte.

Jetzt erst bemerkte Fritz das Schild hinter ihnen, auf dem *Exit* stand. Richtig, durch diese Tür war Olf vorhin hereingekommen.

»Wartet mal, brauchen wir nicht die O2-Gums, wenn wir aussteigen?«, gab Lena zu bedenken.

»Erst mal nicht.« Olf ging voran und stieß die Tür auf. Dahinter lag eine Röhre, die Fritz an die Wasserrutschen im Thermalbad erinnerte. Sie war ziemlich steil und machte eine Kurve, sodass Fritz nicht sehen konnte, wie tief es hinunterging.

»Äh … wir sollen darein?«, fragte er unsicher.

»Genau«, meinte Olf. »Du wirst sehen, es macht Spaß!« Mit einem lauten »Huiii!« ließ er sich in die Röhre gleiten und war verschwunden.

Während Fritz und Lena noch etwas unschlüssig herumstanden, folgte Mari Olf, ohne zu zögern, und die Zwillinge konnten Günthers begeistertes Quietschen hören.

Fritz und Lena sahen einander an. »Wollen wir zusammen rutschen?«, schlug Lena vor.

»Okay.« Fritz kam sich selbst ein wenig albern vor, aber nicht alleine in die dunkle Röhre rutschen zu müssen, gab ihm ein Gefühl von Sicherheit.

Lena setzte sich vor ihn, und Fritz legte von hinten seine Arme um sie. »Kann's losgehen?«

Lena nickte, und Fritz stieß sich vom Rand ab. Sofort wurden sie spürbar schneller, beinahe so, als würden sie von einer unsichtbaren Kraft durch den Kanal gepresst werden. Sie zischten um die erste Kurve, und dort ging es plötzlich steil nach oben. Ein Looping! Jetzt erst erinnerte Fritz sich wieder daran, dass das Gehäuse des Nautilus spiralförmig war. Natürlich! Wie hatte er das nur vergessen können?

Aber jetzt war es zu spät. In einem Affentempo sausten sie in den nächsten Looping und den übernächsten. Runde um Runde wurden die Spiralen größer und Fritz und Lena schneller und schneller. Zum zweiten Mal an diesem Tag schlug Fritz' Magen einen Salto nach dem anderen. Gerade als er Sorge hatte, dass das Kokosbällchen doch wieder zum Vorschein kommen würde, war die Rutschpartie zu Ende. Die Zwillinge flogen ein kleines Stück durch die Luft und landeten auf einer weichen Unterlage.

»Oh Mann, was für ein Ritt!«, stöhnte Lena. »Also für heute reicht's mir.«

»Wieso, war doch witzig!« Mari grinste sie an. Zumindest schien sie ihren Humor wiedergefunden zu haben.

Fritz blickte sich um. Der Nautilus lag direkt vor ihnen in einem wassergefüllten Becken, doch der Rest des Raumes befand sich überraschenderweise nicht unter Wasser. Wie war das möglich, so tief unter dem Meeresspiegel? Sie standen vor einer schweren Metalltür, an die Olf jetzt klopfte.

Eine Luke öffnete sich, und ein Paar Augen mit angeklebten falschen Wimpern erschien. »Wie lautet das Passwort?«, fragte eine tiefe, rauchige Stimme.

»Blobfisch.«

»Falsch.«

»Ach so, das war ja letzte Woche.« Olf kratzte sich am Kopf. »Äh … ich hab's. Wobbegong!«

»Korrekt. Okay, ihr dürft rein.«

Die Luke wurde wieder geschlossen.

Jetzt klickte es, als würden gleich mehrere Sicherheitsriegel zurückgeschoben werden. Dann öffnete sich die Tür.

»Ah, da seid ihr ja endlich!« Vor ihnen stand eine Frau mit kinnlangen Locken und streckte ihnen die Hand entgegen. Fritz ergriff sie und musste sich zusammenreißen, um nicht aufzuschreien. Ihr Händedruck war so fest wie ein Schraubstock.

»Hi, ich bin Margot! Herzlich willkommen!«, dröhnte sie mit ihrer Reibeisenstimme.

Das war Jackys Oma? Fritz hatte sie sich aus ihren Erzählungen ganz anders vorgestellt. Sie war auf jeden Fall eine Erscheinung, die man so schnell nicht vergaß. Sie trug eine knallenge schwarze Lederhose und dazu ein schulterfreies Oberteil. Ihre wilden Locken waren flammend rot gefärbt, und sie hatte Oberarme wie ein Möbelpacker, die mit allerhand Tattoos verziert waren. Am rechten Knöchel erkannte Fritz den kleinen Nautilus wieder, den auch Olf trug. Ihre Lippen waren knallrot geschminkt, und in der rechten Hand, deren lange Nägel in derselben Farbe lackiert waren, hielt sie eine Zigarre. Fritz wusste überhaupt nicht, wo er zuerst hinschauen sollte.

»Was ist los, hat's euch die Sprache verschlagen?« Margot lachte kehlig. »Jetzt kommt erst mal rein in die gute Stube.«

Sie traten durch die Tür und fanden sich in einer Art Kommandozentrale wieder, die einen starken Kontrast zu dem verfallenen Äußeren des Schiffswracks bildete.

Von überallher piepte und blinkte es, und mehrere Personen liefen geschäftig umher.

»Das ist unser Hauptquartier.« Margot machte eine ausladende Geste. »Nicht schlecht, oder?«

»Wow!« Lenas Augen leuchteten. Mit Technik konnte man sie eigentlich immer begeistern. »Ähm, Margot … wieso können wir hier eigentlich atmen?«

Margot lachte. »Ich habe schon darauf gewartet, dass ihr das fragt. Das haben wir Professor Ingrid Rasmussen zu verdanken.« Sie zeigte auf eine groß gewachsene Frau mit kurzem Haar, die gerade auf einer Computertastatur herumtippte.

»Professor Rasmussen?«, fragte Lena beeindruckt. »Sie hat doch Trixi gebaut, oder?«

Margot nickte. »Sie ist Wissenschaftlerin und unterstützt den Geheimbund mit ihren Erfindungen. Ingrid hat auch einen Sauerstoffgenerator konstruiert, der so ähnlich funktioniert wie die Geräte, die in der Raumfahrt verwendet werden. Deshalb haben wir hier unten immer frische Luft.« Sie nahm einen tiefen Zug von ihrer Zigarre und grinste.

»Zumindest wenn man nicht gerade zum Passivrauchen gezwungen wird.« Eine junge Frau war neben Margot aufgetaucht. Sie hatte einen dunklen Teint und war auffallend hübsch. »Kannst du die bitte ausmachen?«

»Schon gut, schon gut.« Margot zog einen winzigen Aschenbecher aus ihrer Hosentasche und drückte die Zigarre darin aus.

»Schon besser.« Die junge Frau lächelte die Neuankömmlinge an und entblößte zwei Reihen makelloser weißer Zähne. »Mein Name ist Océane. Schön, dass ihr hier seid.« Sie hatte außergewöhnliche Augen, die tiefblau funkelten wie zwei Saphire.

»Océane ist Zauberin«, sagte Margot fast beiläufig. »Ach, und dort drüben schwirrt noch irgendwo Ian herum, Ingrids Assistent.«

Ein rothaariger junger Typ mit Dreitagebart war gerade damit beschäftigt, Harpunenpfeile mit einem violetten Pulver zu präparieren. Das musste das gleiche Mittel sein, das Olf vorhin gegen die Lumis verwendet hatte.

»Wie ihr seht, rüsten wir gerade etwas auf«, erklärte Margot. »Und dann geht es den Viechern an den Kragen.« Sie machte ein grimmiges Gesicht.

»Chefin?«, rief in diesem Moment die Wissenschaftlerin zu ihnen herüber. »Das musst du dir ansehen!«

»Entschuldigt mich bitte. Könntest du übernehmen, Olf?«, bat Margot.

»Klaro.« Er salutierte.

»Dieser Ort ist ja der Wahnsinn!«, sagte Fritz zu Olf. »Und du wusstest die ganze Zeit über davon? Wie lange gehörst du denn schon dem Geheimbund an?«

»Erst seit ein paar Jahren«, erklärte Olf. »Aber den Geheimbund des Nautilus gibt es schon seit langer Zeit. Vielleicht sogar länger als die Sturmpiraten. Wir wissen es selbst nicht ganz genau. Die Mitglieder wechseln immer mal wieder, und auch das Hauptquartier musste aus Sicherheitsgründen schon mehrfach verlegt werden.«

»Und meine Mutter arbeitet mit euch zusammen?«, fragte Mari jetzt.

»Das hat sie bis vor Kurzem, ja. Bisher ist es uns zum Glück immer noch gelungen, die Mächte der Unterwelt in Schach zu halten. Aber angesichts der neuen Entwicklungen hatte Penelope wohl Sorge, dass unsere Bemühungen nicht mehr ausreichen würden.« Er legte die Stirn in Falten.

»Was soll das bedeuten?«, fragte Mari. »Habt ihr euch zerstritten?«

»Nicht direkt. Aber sie ist allein aufgebrochen, obwohl wir sie davor gewarnt haben.«

»Das heißt, ihr wisst auch nicht, wo sie jetzt gerade ist?« Mari schluckte.

»Wir haben in den letzten Wochen immer wieder versucht, eine Verbindung herzustellen, aber leider ohne Erfolg.« Olf hob die Schultern. »Sie hat ihren Kommunikator hiergelassen«, er deutete auf eins der komischen Handys, »und mittels Telepathie hat es bisher leider nicht funktioniert.«

»Telepathie?«, fragte Lena.

»Na ja, wir haben immerhin zwei Zauberinnen an Bord.« Olf grinste.

»Wirklich? Wo ist denn die zweite?«, wollte Fritz wissen. Wenn er richtig gezählt hatte, waren fünf Mitglieder des Geheimbundes anwesend, von denen Océane eine Zauberin war.

»Ach ja, richtig«, sagte Olf. »Ihr wisst ja noch gar nicht, dass …« Er brach ab.

Die drei Freunde sahen ihn verwirrt an.

Olf atmete tief durch. »Kommt mit, ich muss euch noch jemanden vorstellen, der erst kürzlich wieder zu uns gestoßen ist.«

Was hatte das nun wieder zu bedeuten?, überlegte Fritz. Maris Mutter konnte es ja wohl nicht sein.

Sie gingen weiter, vorbei an diversen Tauchanzügen und technischen Gerätschaften. Das Hauptquartier des Geheimbundes war wirklich beeindruckend. Es gab sogar eine voll ausgestattete Küche und einen Konferenztisch, auf dem eine große Schale mit frischem Obst stand.

»Gesunde Ernährung ist wichtig, wenn man Bösewichte bekämpfen will«, meinte Olf, als er Fritz' Blick bemerkte.

»Also mir wären Chips und Schokolade lieber«, maulte Günther.

Sie hatten fast die andere Ecke des Raumes erreicht, als Fritz eine zusammengesunkene Gestalt sah, die auf dem Boden kauerte. Es war eine verhutzelte alte Frau, die mit geschlossenen Augen im Schneidersitz saß, als würde sie meditieren. Sie hatte einen Buckel und einen auffallend langen Hals, ihre grauen Haare waren zu einem Dutt frisiert, und sie trug eine riesige Brille. Neben ihr an der Wand lehnte ein Gehstock. Fritz hatte das merkwürdige Gefühl, ihr schon einmal begegnet zu sein.

Olf steuerte zielstrebig auf die Frau zu, und auch die drei Kinder traten näher.

»Wer ist das?«, flüsterte Fritz.

Olf räusperte sich, doch die alte Dame reagierte nicht. Er versuchte es nochmals, nun etwas lauter. Diesmal öffnete die alte Frau ihr linkes Auge und blinzelte argwöhnisch. »Stört mich nicht«, knurrte sie.

»Ähm, ich dachte, du möchtest vielleicht Fritz, Lena und Mari begrüßen«, sagte Olf.

»Ach, so ein Mist!« Die alte Dame entknotete ihre Beine und erhob sich. »Du hast mich abgelenkt«, beschwerte sie sich. »Ich war kurz davor, eine Verbindung zu Penelope herzustellen.« Sie griff nach ihrem Gehstock und machte einige wackelige Schritte auf die Neuankömmlinge zu. Trotz ihrer geringen Körpergröße – sie war kaum größer als Fritz – und der gebückten Haltung hatte sie etwas Würdevolles an sich. Ihr Gesicht war von unzähligen feinen Linien durchzogen. Wie alt sie wohl sein mochte? Fritz schätzte sie auf mindestens hundert.

Jetzt musterte sie Olf und die Kinder durch ihre dicken Brillengläser, die ihre Augen riesengroß erscheinen ließen. Wieder überkam Fritz das Gefühl, diese Frau von irgendwoher zu kennen.

»Lange nicht gesehen, Olf«, sagte sie mit einer heiseren Stimme. »Bist ganz schön grau geworden.«

Olf kratzte sich verlegen hinter dem Ohr. »Und du bist charmant wie eh und je, Hildegard.«

In geheimer Mission

Fritz spürte, wie ihm seine Gesichtszüge entgleisten. »W… wie bitte?«, stammelte er. »Hi… Hildegard?«

Das konnte kein Zufall sein! Der Name, die Stimme, ja, sogar Aussehen und Körperbau der alten Frau erinnerten ihn an seine Schildkröte Hildegard. Aber wie war das möglich?

»Ja, das ist mein Name«, sagte die Schildkröten-Frau, ohne mit der Wimper zu zucken. »Guten Tag, Fritz, guten Tag, Lena … guten Tag, Eure königliche Hoheit.« Sie nickte Mari zu. »Bitte entschuldigt, dass ich keinen Knicks mache. Ich bin ein bisschen eingerostet.«

Mari winkte ab. »Ach, das ist doch kein Problem. Wir sind da nicht so …«

»Pah, das war natürlich ein Witz!« Hildegard schnaubte. »Du glaubst doch nicht im Ernst, dass ich einen Knicks vor dir mache, nachdem dein Vater mich damals aus Almaris verbannt hat!«

Maris Augen wurden groß. »Er hat *was*?«

»Oh, das wusstest du nicht?« Hildegard hob die Augenbrauen. »Interessant. Aber im Grunde nicht verwunderlich.«

»Kann mir mal bitte jemand erklären, was hier gespielt wird?«, schaltete sich jetzt Lena ein. Sie blickte erst Olf und dann Hildegard an. »Wollt ihr uns ernsthaft weismachen, dass das da … Fritz' Schildkröte ist?« Sie zeigte auf Hildegard.

»Na, na, na!« Die alte Dame richtete ihren Gehstock wie eine Pistole auf Lena, die erschrocken einen Schritt zurückwich. »Was hast du eigentlich für eine Kinderstube genossen, Mädchen? Man zeigt nicht mit dem Finger auf Leute. In meiner Jugend musste man für solche Respektlosigkeiten einen Zitteraal streicheln. Nicht sehr angenehm!« Sie schüttelte tadelnd den Kopf. »Aber um deine Frage zu beantworten: Ja, ich bin eine Testudinatrix.«

»Ähm … eine *was*?«, fragte Fritz vorsichtig nach.

»Na, eine Zauberin, die sich in eine Schildkröte verwandeln kann«, erklärte Hildegard leicht genervt. Sie ließ den Gehstock wieder sinken. »Hat eure Freundin euch etwa nichts von uns erzählt?«

Mari zuckte mit den Schultern. »Das Thema kam nie auf. In Almaris gibt es gar keine Testudinatrices mehr, soweit ich weiß.«

Hildegard verdrehte die Augen. »Ja, weil dein Vater das letzte Exemplar der Stadt verwiesen und durch eine schnapspralinensüchtige Qualle ersetzt hat. Was für eine bodenlose Unverschämtheit!« Sie stampfte wütend mit dem Fuß auf.

Olf legte der alten Frau beschwichtigend einen Arm auf die Schulter. »Ganz ruhig, Hildegard. Mari kann schließlich nichts dafür. Lasst uns lieber zu den anderen gehen, dann können wir alles in Ruhe besprechen.«

»Na gut«, sagte die Schildkröten-Frau mit einem vorwurfsvollen Blick zu Mari. Sie wackelte hinüber zu dem runden Konferenztisch, an dem inzwischen auch die anderen Mitglieder Platz genommen hatten. Fritz konnte sehen, dass in die Tischplatte ebenfalls das Nautilus-Logo eingelassen war.

»Wie schön, ihr habt Hildegard gefunden«, stellte Margot fest. »Damit ist der Geheimbund des Nautilus komplett. Zumindest seit Penelope nicht mehr dabei ist.« Sie warf einen Blick zu Mari, bevor sie fortfuhr: »Wir sind übrigens eine sehr internationale Truppe, falls ihr es noch nicht gemerkt habt. Ingrid stammt aus Norwegen,

Ian aus Irland und Océane aus Salamasi. Das ist eine Unterwasserstadt, die an der Elfenbeinküste liegt«, erklärte sie stolz. »Ich habe sie alle während meiner Zeit bei den Sturmpiraten kennengelernt.«

»Und Hildegard und ich sind die Almaris-Fraktion«, fügte Olf überflüssigerweise hinzu.

Margot wies auf einen Barwagen mit Getränken. »Wollt ihr auch einen Gin? Oder eine Zigarre?«

»Hallo? Wir sind zwölf!«, rief Mari schockiert.

»Ach ja, richtig, richtig …« Margot schüttelte den Kopf, während sie sich einen Drink eingoss. »Entschuldigt, ich komme manchmal ein bisschen durcheinander.«

»Keine Sorge, wir haben auch Limonade.« Der rothaarige junge Mann namens Ian reichte jedem von ihnen ein Glas. Fritz nahm es dankbar entgegen und trank einen Schluck von der Limonade. Er merkte jetzt erst, wie ausgetrocknet sich seine Kehle anfühlte.

»Jacky hat euch ja sicher schon einiges über den Geheimbund erzählt«, begann Margot. Wir sind so was wie Wächter, die verhindern, dass die Mächte der Schattenwelt Einfluss auf das Meer nehmen.«

»Ja, aber was genau ist denn mit Schattenwelt gemeint?«, wollte Fritz wissen.

Margot leerte ihr Glas in einem Zug und stellte es ab. »Angeblich geht alles auf die Götter zurück. Hades, Poseidon und Zeus waren Brüder. In der griechischen Mythologie heißt es, dass sie Seite an Seite gegen Kronos und die Titanen kämpften. Nach dem Sieg teilten sie die Welt unter sich auf: Zeus sollte über den Himmel herrschen, Poseidon über das Meer und Hades über die Unterwelt.«

»Die Welt der Toten«, sagte Lena nachdenklich.

»Genau«, sagte Margot. »Aus dieser Welt gibt es kein Zurück. Hades verließ sein Reich eigentlich nie, aber das bedeutete nicht, dass er kein Interesse daran hatte, seine Macht auszuweiten. Deshalb schickte er immer wieder seine Diener hinaus, um neue Unterstützer zu gewinnen. Das ging so weit, dass Poseidon das Tor, das beide Welten noch miteinander verband, versiegeln ließ und jeglichen Kontakt zu seinem Bruder abbrach.

Dieses Weltentor befindet sich irgendwo im Atlantik. Es gab in der Vergangenheit immer wieder Vorfälle, bei denen die bösen Mächte es trotzdem irgendwie geschafft haben, in unsere Welt zu gelangen. Manchmal entstehen in der Nähe des Tors Risse, durch die sie hindurchschlüpfen können. Deshalb braucht es den Geheimbund des Nautilus. Bisher ist es uns immer gelungen, sie einigermaßen in Schach zu halten.

Aber wenn man das Tor öffnet, können sich die Mächte der Unterwelt ungehindert ausbreiten. Wir befürchten, dass genau das nun geschehen ist.«

»Wow, das klingt echt dramatisch.« Fritz wusste nicht

genau, was er dazu sagen sollte. »Aber wer hat das bloß getan?«

Margot seufzte. »Tja, wir vermuten, dass es ein gewisser Gargor war, ein böser Zauberer, der in Hades' Auftrag die Armeen der Schattenwelt anführt. Er ist Hades' ergebenster Diener und schreckt vor nichts zurück. Ihr habt zwar bereits mit Xulayla Bekanntschaft gemacht, die den dunklen Mächten nahestand, aber glaubt mir, das ist nichts gegen Gargor.«

Mari schüttelte den Kopf. »Ich verstehe immer noch nicht, was ich damit zu tun haben soll.«

»Nun, unsere liebe Freundin Hildegard hier …«, Margot warf einen Blick zu der alten Dame, »… hat kurz nach deiner Geburt vorhergesagt, dass du diejenige sein würdest, die den Kampf zwischen den beiden Welten entscheiden wird. Nur wollten das deine Eltern – vor allem dein Vater – damals nicht hören.«

Mari starrte Hildegard an. »Das warst *du*? Deswegen hat mein Vater dich aus Almaris verbannt?«

»Nicht zu fassen, oder?«, sagte Hildegard, und ihr war anzumerken, dass sie noch immer eingeschnappt war. »Nur weil ihm meine Prophezeiung nicht gepasst hat. Ist das nicht gemein, einer alten Frau einfach so ihr Zuhause wegzunehmen? Ich war damals immerhin schon über hundertfünfzig!«

»Nun ja, du hättest Penelope vielleicht nicht ständig an

die Prophezeiung erinnern sollen«, sagte Olf vorsichtig. »Sie hatte einfach Angst um Mari. Die war ja noch ein ganz kleines Baby, und deine Theorien waren nicht gerade hilfreich, das musst du auch verstehen.«

»Ach, papperlapapp!«, fauchte Hildegard. »Das hat überhaupt nichts –«

»Hört auf, euch zu streiten! Dafür haben wir jetzt nun wirklich keine Zeit«, sagte Margot resolut, und Olf und Hildegard verstummten.

Lena griff den Faden wieder auf. »Was ist denn passiert, nachdem du Almaris verlassen hattest?«

»Ich wusste nicht, wohin, also habe ich erst mal meine Schildkrötengestalt angenommen und bin auf Weltreise gegangen. Dabei habe ich Margot und die anderen kennengelernt. Tja, ein paar Jahre später – ich war gerade wieder mal als Schildkröte unterwegs – bin ich dann einem Typen ins Netz gegangen, der mich an eine Tierhandlung verkauft hat. Das Verrückte war aber, dass ich die ganze Zeit über das Gefühl hatte, dass ich genau dorthin *muss*. Deswegen habe ich mich nicht zurückverwandelt, sondern erst mal abgewartet. Na ja, und dann bin ich bei diesem Dreikäsehoch da gelandet.« Sie deutete auf Fritz.

»Und warum hast du in den drei Jahren nie etwas gesagt?«, fragte Fritz. Wenn er sich vorstellte, was Hildegard während der Zeit in seinem Aquarium alles mitbekommen hatte, wurde ihm ganz anders. Bestimmt hatte sie seine Unterhosen mit den Herzchen gesehen. Oder ihn beobachtet, als er zu einem albernen Song im Radio getanzt hatte.

Hildegard zuckte mit den Schultern. »Das habe ich euch doch schon mal gesagt. Es ist ganz schön anstrengend für mich, in Schildkrötengestalt zu sprechen. Und ich war froh, eine Weile meine Ruhe zu haben. Bis ich dann irgendwann gespürt habe, dass Mari bald in Einöd am Meer auftauchen wird, und da habe ich dir ja gleich Bescheid gesagt. Damals wusste ich aber noch nicht, was auf uns alle zukommt.«

»Und wie habt ihr rausgefunden, dass die Lumis gefährlich sind?«, erkundigte sich Lena.

»Ich hatte so eine Vorahnung und habe mich per Telepathie mit Océane unterhalten«, sagte Hildegard. »Deshalb habe ich dann auch das Aquarium verlassen und den Geheimbund aufgesucht. Tut mir leid, wenn ihr euch Sorgen gemacht habt«, fügte sie mit einem Seitenblick auf Fritz hinzu.

»Wir hatten auch schon vermutet, dass die Lumis bösartig sind«, erklärte Margot. »Océane hat sich schließlich mit ihnen verbunden und ihre Gedanken gelesen. Danach hatten wir Gewissheit.«

»Du kannst Gedanken lesen?« Mari blickte die junge Zauberin überrascht an.

Océane nickte. »Ich mache das eigentlich nicht so gerne, weil dabei theoretisch die Gefahr besteht, entdeckt zu werden. Oder von den bösen Gedanken gefangen genommen zu werden.« Sie schüttelte sich bei der Vorstellung. »Aber bei den Lumis habe ich nur wenige Sekunden gebraucht, bis mir klar war, dass sie Spione aus der Unterwelt sind. Und dass sie es auf dich abgesehen haben.«

»Bitte was?« Mari schluckte. »Die Dinger waren nur meinetwegen in Einöd?«

Olf nickte. »Deshalb hatten wir die Viecher zu Hause wie Sand am Meer.«

»Na, die sind bestimmt nicht wegen deiner Kochkünste zu uns gekommen«, meinte Günther, aber Olf reagierte nicht auf die Provokation.

»Sieht ganz so aus, als wollte jemand der Erfüllung der Prophezeiung zuvorkommen.« Margot blickte düster in ihr leeres Ginglas.

»Aber warum haben sie dann den Stadtpark auseinandergenommen?«, fragte Lena.

»Wahrscheinlich war Mari dort irgendwann einmal, und sie haben es gerochen«, meldete sich Ian zu Wort, der mit einem starken irischen Akzent sprach. »Das Gute ist, dass die Lumis nach unseren Erkenntnissen nicht besonders intelligent sind und sich leicht ablenken lassen. Und sie vertragen eine bestimmte Mischung aus Muschelkalk und Seeigelgift nicht. Mit entsprechend präparierten Waffen kann man sie relativ leicht in die Flucht schlagen.«

»Aber es kommen ständig neue nach«, warf Margot ein. »Um sie endgültig zu besiegen und vor allem, um Schlimmeres zu verhindern, muss das Tor wieder geschlossen werden.«

»Und wie?«

»Nur das Mädchen, welches das Wasser beschwören kann – also du, Mari –, kann das Tor schließen, indem es ein bestimmtes Ritual durchführt«, erklärte Hildegard. »Aber Penelope, dieser sture Backfisch, wollte es anscheinend selbst versuchen. Ich habe keine Ahnung, wie sie auf die Idee kam, dass das funktionieren könnte!«

»Uff«, meinte Lena. »Habt ihr denn eine Vermutung, wo sich das Tor befindet?«

»Wahrscheinlich habt ihr schon mal vom Bermudadreieck gehört, oder?«, fragte Margot.

Der Name war Fritz ein Begriff. »Das Gebiet im westlichen Atlantik, in dem immer wieder Schiffe oder auch Flugzeuge verschwunden sein sollen.«

Margot nickte. »Um das Bermudadreieck ranken sich viele Legenden, und einige davon sind frei erfunden. Aber es stimmt, dass es dort immer wieder zu Vorfällen gekommen ist, die rein logisch nicht zu erklären sind. So wie Kompassnadeln, die ganz plötzlich verrücktspielen, gefährliche Strömungen, die aus dem Nichts auftauchen, oder unsichtbare Kräfte, die die gesamte Besatzung eines Schiffes aus heiterem Himmel in Panik versetzen.«

»Krass, das bedeutet also, dafür sind diese … Mächte aus der Unterwelt verantwortlich?«, fragte Mari.

»Wir können es nur vermuten. Aber es wäre logisch.«

»Meine Mutter wollte verhindern, dass das Tor geöffnet wird. Das würde ja bedeuten, dass sie zum Bermudadreieck aufgebrochen ist!«, rief Mari. »Wenn wir sie finden wollen, müssen wir also auch dorthin.«

»Aber das Bermudadreieck ist riesig«, gab Fritz zu bedenken. Er hatte mehrere Bücher zu dem Thema gelesen, und es gab die unterschiedlichsten Definitionen davon, welches Gebiet zum Bermudadreieck zählte. »Penelope muss ewig gebraucht haben, bis sie das Tor hat ausfindig machen können.«

»Ziemlich genau zwei Jahre.« Margot seufzte. »Und ohne sie wissen wir nicht, wo wir anfangen sollen zu suchen.«

»Wartet mal«, sagte plötzlich Professor Rasmussen, die bisher geschwiegen hatte. »Wäre es nicht möglich, dass in dem Brief ein Hinweis versteckt ist?« Sie wandte sich an Mari. »Hast du ihn dabei?«

Mari nickte und zog den Umschlag aus ihrem Rucksack. »Ich habe ihn schon unzählige Male gelesen und versucht, irgendeine geheime Botschaft darin zu finden. Ich habe alle Wörter untereinandergeschrieben, um zu sehen, welches besonders oft vorkommt, welche Sätze anders zusammengesetzt Sinn ergeben … alles Mögliche. Da ist nichts.«

»Bitte gib mir den Brief«, bat Ingrid. »Ich habe vielleicht eine Idee.«

Mari reichte ihn ihr.

Die Wissenschaftlerin ging zu einer Anrichte und nahm etwas heraus. Dann kam sie mit einem kleinen Döschen und einem Pinsel wieder zurück und stellte beides auf den Tisch, um den sie saßen. In dem Döschen befand sich ein dunkelgrünes Pulver.

Fritz hatte keinen blassen Schimmer, was sie damit vorhatte, aber sie sah sehr konzentriert aus, während sie ein wenig von dem Pulver mit dem Pinsel aufnahm und ihn anschließend über das Papier gleiten ließ. »Na bitte, hab ich's mir doch gedacht!«, sagte sie nach einer Weile zufrieden. Sie hielt das Blatt so, dass es alle sehen konnten. In der rechten unteren Ecke war nun etwas zu sehen, das vorher nicht dort gestanden hatte. Es sah aus wie eine Ziffernfolge.

Mari stieß überrascht die Luft aus. »Wie ist das möglich?«

»Geheimtinte«, sagte Ingrid. »Wir benutzen sie, wenn wir wirklich wichtige Botschaften verschicken wollen, die nur für die Mitglieder des Geheimbundes bestimmt sind.«

»Und was steht dort?«, wollte Lena wissen.

»Tja, wenn mich nicht alles täuscht, dann sind das die Koordinaten des Ortes, zu dem Penelope aufgebrochen ist.« Sie tippte die Zahlen in ihren Laptop ein und zeigte den anderen auf dem Bildschirm, wo sich das Ziel befand. Es lag tatsächlich genau in der rechten oberen Ecke des Bermudadreiecks.

Fritz blickte sie ungläubig an. »Das wäre ja großartig! Aber was, wenn sie gar nicht mehr dort ist? Der Brief ist doch schon ein paar Wochen alt.«

»Aber Penelope ist ganz allein aufgebrochen. Sie wird sicher lange unterwegs gewesen sein«, warf Ingrid ein.

»Denkt ihr, wir können sie noch einholen?«, fragte Océane skeptisch.

»Es gibt nur eine Möglichkeit, das herauszufinden«, meinte Margot.

Mari war bereits aufgesprungen. »Wir fahren zum Bermudadreieck und finden meine Mutter!«, sagte sie entschlossen. »Und dann werde ich das Tor schließen und diese Lumis wieder dahin schicken, wo sie hingehören!«

Reise
ins
Ungewisse

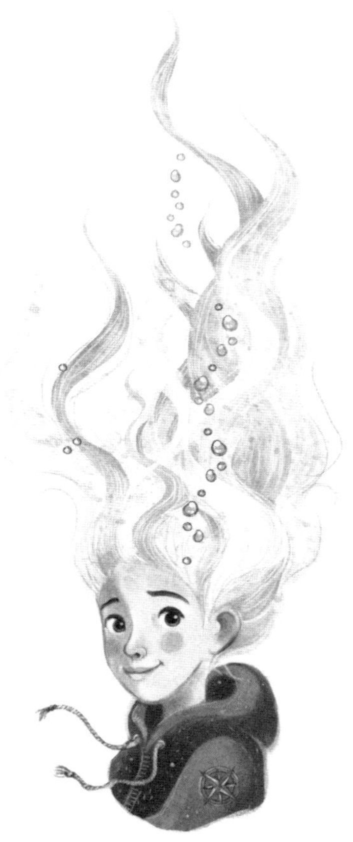

Sofort herrschte im Hauptquartier des Geheimbundes Aufbruchsstimmung. Die Mitglieder packten ihr ganzes Waffenarsenal zusammen und machten sich daran, es an Bord des Nautilus zu bringen, der draußen vor der Tür auf sie wartete.

»Kümmert sich auch jemand um Proviant?«, fragte Günther, dessen größte Sorge mal wieder das Essen war.

»Ich mach das.« Ian kam gerade mit Getränken und abgepackten Sandwiches aus der Küche.

»Professor Rasmussen, ich hätte da mal eine Frage«, meldete sich Lena zu Wort.

»Ja?« Die Wissenschaftlerin hielt inne und wandte sich Lena zu.

»Wie lange werden wir unterwegs sein? Bis zum Bermudadreieck ist es doch ganz schön weit, und – entschuldigen Sie, wenn ich das so direkt sage – aber Trixi ist echt nicht besonders schnell. Unsere Eltern werden sich bestimmt wundern, wenn wir so lange weg sind. Und am Montag haben wir wieder Schule.« Sie machte ein besorgtes Gesicht.

Ingrid Rasmussen verzog den Mund zu einem kleinen Lächeln. »Deine Frage ist durchaus berechtigt, Lena, aber ich kann dich beruhigen. Das ist der Vorteil an unserer bunt zusammengewürfelten Truppe. Wir sind vielleicht nicht immer alle einer Meinung, aber wenn sich Wissenschaft und Magie verbinden, sind wir unschlagbar. Während ihr hierher unterwegs wart, hat Hildegard ein Elixier gebraut, mit dem ich Trixi gleich betanken werde. Damit wird unser kleines Perlboot schneller sein als ein Düsenjet!« Sie hielt eine kleine Ampulle in die Höhe, die in allen Farben des Regenbogens leuchtete.

Fasziniert sahen die Zwillinge und Mari dabei zu, wie Ingrid die Tür öffnete und zu dem Nautilus ging. Trixi hob ihre Tentakel ein wenig an, damit die Wissenschaftlerin das Getränk in ihren Mund träufeln konnte.

»Das sollte für unsere Reise ausreichen«, sagte Ingrid. »Hast du die Koordinaten, Trixi?«

»Natürlich!«

»Na, dann kann es ja losgehen. Kommt! Vielleicht schaffen wir es sogar noch, Penelope einzuholen.« Sie winkte die anderen zu sich.

Über eine Leiter kletterten sie in das Becken und durch das Auge wieder ins Innere von Trixi. Olf half Hildegard, der die Stufen etwas Schwierigkeiten bereiteten. Doch schließlich waren alle an Bord. Mit so vielen Personen wurde es fast etwas eng im U-Boot.

Bitte anschnallen!, stand in tanzenden Lettern auf dem Bildschirm, und Trixi spielte ein kurzes Sicherheitsvideo ab, dem Fritz jedoch kaum folgen konnte, weil er so aufgeregt war. Sie würden tatsächlich zum Bermudadreieck tauchen! Was sie dort wohl erwarten würde? Im besten Fall würden sie Penelope finden. Aber wenn nicht? Ihre letzte Begegnung mit den Lumis war zwar glimpflich ausgegangen, doch was, wenn dort noch etwas viel Schlimmeres lauerte?

Zum Glück hatte er wenig Zeit, sich Sorgen darüber zu machen, denn kurz darauf starteten sie auch schon. Kaum saßen alle auf ihren Plätzen, sauste Trixi nach oben wie eine Kanonenkugel. Sie flog förmlich durch das Loch an

Deck, und binnen Sekunden hatten sie das Wrack hinter sich gelassen.

»Juhu, das macht Spaß!«, rief Günther. Das konnte Fritz zwar nicht unbedingt bestätigen, aber es war kein Vergleich mit ihren eher langsamen, taumelnden Bewegungen von vorhin. Obwohl Trixi nun viel schneller unterwegs war und die Beschleunigung sie in ihre Sitze drückte, schaukelte das U-Boot nun deutlich weniger.

»Auch wenn es nicht einfach ist, versucht, euch ein bisschen auszuruhen«, sagte Margot. »Wir werden ein paar Stunden unterwegs sein und unsere Kräfte später brauchen.« Wieder erklang leise Entspannungsmusik, und es roch wunderbar nach Wald – nach Tannennadeln, Moos und regenfeuchter Erde.

Fritz musste sofort an die Spaziergänge mit seiner Oma denken. Er lehnte sich in seinem Sitz zurück, schloss die Augen und stellte sich vor, wie sie zusammen Pilze sammeln gingen, während über ihnen in den Baumkronen Vögel zwitscherten …

Er musste tatsächlich eingenickt sein, denn ein schrilles Klingeln ließ ihn hochschrecken. Fritz tastete intuitiv nach seinem Handy, als ihm wieder einfiel, dass sie ihre Telefone vorsorglich bei Jacky gelassen hatten.

Hier unten hätte er ohnehin keinen Empfang gehabt, das Klingeln musste also von woanders kommen. Ein Blick auf seine Armbanduhr verriet ihm, dass es mitten in der Nacht war. Fritz rieb sich die Augen. Wie lange hatte er geschlafen?

»Jacky ruft an!«, sagte Margot.

Sofort war Fritz hellwach. Neben ihm streckte sich Lena, die bis eben noch leise geschnarcht hatte. »Was ist los?«, murmelte sie schlaftrunken.

Kurz darauf erschien Jackys Gesicht überlebensgroß auf dem Bildschirm. Ihre pinken Haare standen in alle Richtungen ab, und sie sah übernächtigt aus.

»Hallo zusammen! Wie läuft es bei euch?«

»Wir sind unterwegs zum Bermudadreieck«, erklärte Margot. »Penelope hat uns die Koordinaten von dem Ort mitgeteilt, an dem sich vermutlich das Tor befindet.«

Jacky hob die Augenbrauen. »Oha. Braucht ihr Unterstützung?«

Margot winkte ab. »Kümmert ihr euch lieber um die Lumis.«

»Tja, das ist eigentlich der Grund, warum ich anrufe«, sagte Jacky. »Die Lumis sind nämlich weg!«

Fritz lehnte sich in seinem Sitz nach vorne. »Wie, *weg*?«

»Na, sie sind aus den Aquarien verschwunden. Ich hatte gestern Abend schon das Gefühl, dass es weniger geworden waren, aber ich war dann zu müde, sie noch mal zu zählen. Um kurz nach Mitternacht bin ich aufgestanden, um nach ihnen zu sehen, und es war kein einziger mehr da. Klaus und die anderen haben sofort alles abgesucht, aber es fehlt jede Spur von ihnen.«

»Das gibt's doch gar nicht!« Fritz schluckte. »Wie sind sie aus den Aquarien rausgekommen?«

Er blickte in lauter ratlose Gesichter. Einzig Ingrid nickte nachdenklich. »Das hatte ich schon fast befürchtet«, sagte sie.

»Wie meinst du das?«, fragte Margot.

»Ich habe nach dem Angriff gestern Nachmittag jeden von Trixis Chips überprüft. Dabei ist mir aufgefallen, dass die Lumis nicht nur aus einer Richtung gekommen sind. Das deutet darauf hin, dass einige von ihnen Trixi aus Einöd am Meer gefolgt sein müssen.«

»Und jetzt, verfolgen sie uns etwa immer noch?«, fragte Mari.

»Trixi, kannst du bitte sondieren, was sich hinter uns befindet?«, bat Ingrid.

Auf dem Bildschirm erschien wieder die Radaransicht. In der Ferne bewegten sich einige kleine Punkte. Sie waren zwar nicht so schnell wie Trixi und noch einige Kilometer entfernt, aber es sah eindeutig so aus, als folgten sie dem U-Boot.

»Verdammt!«, fluchte Margot. »Dann sind sie also immer noch hinter Mari her? Genau das wollten wir doch vermeiden!«

»Sieht ganz so aus, als hätten wir die Lumis unterschätzt.« Ingrid machte ein zerknirschtes Gesicht.

»Wir fahren sofort los und helfen euch«, meinte Jacky.

Margot war skeptisch. »Ich glaube kaum, dass ihr uns rechtzeitig einholt. Haltet lieber die Stellung. Wer weiß, vielleicht kommen die Lumis ja wieder zurück.«

»Na gut. Meldet euch, wenn ihr noch Infos braucht.« Jacky legte auf, und Margot wandte sich an die anderen.

»Wir brauchen einen Plan, wie wir uns die Dinger vom Leib halten können, und zwar schnell. Wenn sie uns bis zum Tor verfolgen, sind wir eingekesselt.«

»Ich hab eine Idee!«, sagte Mari.

Alle drehten sich zu ihr um.

»Ich könnte versuchen, sie aufzuhalten. Vielleicht kann ich die Fähigkeiten, von denen meine Mutter geschrieben hat, gegen die Lumis einsetzen.«

Hildegard rümpfte die Nase. »Du denkst wohl, Zaubern sei ein Kinderspiel, was? Glaub mir, es wird noch Jahre dauern, bis deine Fähigkeiten ausgereift sind. Meistens zeigen sie sich um den zwölften Geburtstag herum, manchmal auch etwas später. Aber um das Wasser zu beherrschen, muss man sehr diszipliniert sein und viel trainieren. Das schüttelt man nicht mal eben so aus dem Ärmel, auch nicht als Prinzessin!«

»Lasst es mich trotzdem probieren«, bat Mari. »Vielleicht könnt ihr beide mir helfen?« Sie blickte von Hildegard zu Océane. »Ihr seid schließlich Zauberinnen, oder?«

Die beiden Frauen sahen einander an. »Schon, aber wir beherrschen ganz andere Arten von Magie«, sagte Océane zögerlich.

Hildegard nickte. »Wir kennen uns mit so was wie Gedankenübertragung aus, aber Angriffszauber sind nicht gerade unser Fachgebiet.«

»Trotzdem, einen Versuch ist es wert«, meinte Mari.

Hildegard schwieg einen Moment lang, sie schien nicht überzeugt zu sein. Doch schließlich sagte sie: »Na gut, aber mach dir besser keine großen Hoffnungen.«

Da die Fahrt bisher relativ ruhig verlaufen war, erlaubte Trixi ihnen aufzustehen. Océane goss Wasser in ein Glas und stellte es vor Mari ab. »Wir fangen mit einer einfachen Übung an. Schließe deine Augen, und konzentriere dich auf das Wasser im Glas. Dann stelle dir vor, wie ein winziges Molekül darin anfängt zu schwingen und dabei die anderen anstößt, eins nach dem anderen, immer schneller und schneller.«

»Okay.« Mari schloss die Augen und nahm einen tiefen Atemzug.

Gebannt starrte Fritz das Wasserglas an. Mari runzelte angestrengt die Stirn, aber nichts passierte. Nach einigen

Minuten öffnete sie entnervt die Augen. »So ein Mist, es klappt einfach nicht!«

Im selben Moment schwappte etwas Wasser aus dem Glas, ohne dass jemand es berührt hatte.

Hildegard hob die Augenbrauen. »Interessant! Versuch es gleich noch mal.«

Mari unternahm noch mehrere Versuche, aber es passierte immer nur dann etwas, wenn sie kurz davor war, frustriert aufzugeben.

»Du musst deine Emotionen bündeln«, riet Océane. »Wenn du das schaffst, kannst du auch das Wasser dazu bringen, dir zu gehorchen.«

»Kannst du vielleicht auch Ian dazu bringen, mir etwas zu essen zu geben?«, bat Günther.

Ian lachte. »Nicht nötig, du musst einfach nur nett fragen.«

»Kann ich bitte, bitte etwas zu essen haben? Ich sterbe vor Hunger!« Der Seeigel schaute ihn treuherzig an.

Während Ian Sandwiches und Getränke an alle verteilte, übte Mari verbissen weiter.

Fritz kam sich etwas nutzlos vor, weil er ihr dabei nicht helfen konnte. »Du schaffst es«, flüsterte er, um ihr etwas Mut zu machen.

Beim nächsten Versuch fing die Wasseroberfläche ganz leicht an zu zittern. »Ja super!«, rief Océane. »Mach weiter so.«

Das Wasser geriet in Bewegung, zuerst langsam, dann immer schneller, bis sich ein Strudel formte.

Fritz hielt den Atem an. Der Strudel schraubte sich immer höher, bis das Wasser schließlich aus dem Glas stieg und sich vor ihren Augen durch die Luft bewegte. Dann landete es mit einem *Platsch!* in Olfs Gesicht.

»He, was soll das denn?«, beschwerte er sich.

Mari grinste. »Das war dafür, dass du mir so lange nichts vom Geheimbund erzählt hast.«

Ian reichte ihm ein Handtuch, und jetzt musste auch Olf lachen.

»Volltreffer«, sagte Hildegard. »Von mir aus hätte es auch ein ganzer Eimer voll Wasser sein können.«

»Wie liebreizend du wieder bist.« Olf warf ihr einen Luftkuss zu.

»Wie wäre es, wenn du dir als Nächstes das Wasser draußen vornimmst?« Océane bat Trixi, auf die Rückkamera umzuschalten, und kurz darauf erschien auf dem Bildschirm eine Aufnahme von dem, was sich hinter ihnen befand.

In einiger Entfernung konnte Fritz ein paar helle Punkte im dunklen Wasser erkennen. Waren das etwa die Lumis? Wenn ja, hatten sie ganz schön aufgeholt!

Mari schien das Gleiche zu denken, denn sie machte ein grimmiges Gesicht. »Diese Mistviecher«, murmelte sie. Plötzlich entstand im Kielwasser des U-Bootes ein

Wasserstrudel, der immer größer wurde und schließlich direkt auf die Lumis zuschoss. Erschrocken stoben die Tintenfische auseinander.

»Ha! Es klappt!« Triumphierend hielt Mari die Hand hoch.

»Super!« Fritz schlug ein.

»Für den Anfang nicht schlecht«, meinte Hildegard.

Die Freude war allerdings nur von kurzer Dauer, denn schon wenige Minuten später erschienen wieder einige Lumis hinter ihnen. Waren es mehr geworden? Fritz konnte es nicht genau sagen.

Mari starrte aus dem Fenster und versuchte es erneut, aber diesmal gelangen ihr nur ein paar kleine Wellen. Enttäuscht ließ sie den Kopf hängen.

Océane legte ihr eine Hand auf die Schulter. »Ärgere dich nicht. Es braucht einfach Zeit.«

»Zeit, die wir nicht haben.« Mari ballte die Fäuste.

»Zum Glück haben wir ja noch andere Möglichkeiten, die Lumis zu bekämpfen.« Ian deutete auf die Harpunenpfeile. »Wenn sie uns zu nahe kommen, schießen wir ein paar von denen ab. Das sorgt zumindest eine Weile für Ruhe.«

Trixi beschleunigte noch etwas, und die Lumis verschwanden aus ihrem Blickfeld. Trotz der drohenden Gefahr war die Stimmung unter den Mitgliedern des Geheimbundes erstaunlich gut. Fritz versuchte, nicht an das zu denken, was sie an ihrem Ziel erwartete. Aber der Gedanke, von Lumis eingekesselt zu werden, war ganz und gar nicht behaglich. Unwillkürlich musste er wieder an seinen Traum denken, in dem Mari von dem Riesenfisch verschluckt worden war. Es gab nur eine Möglichkeit: Sie mussten schneller sein als die Lumis.

Penelope

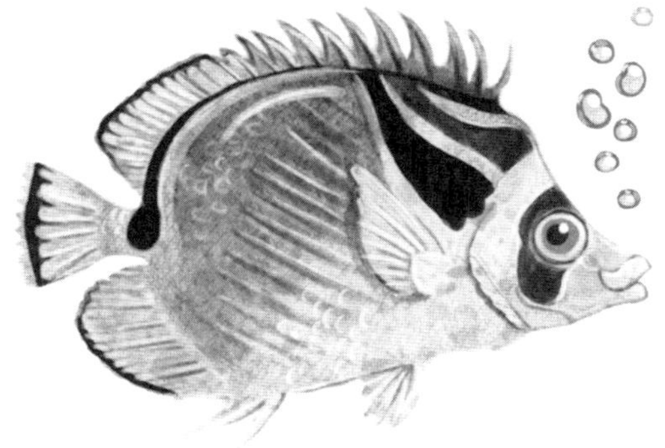

Eine ganze Weile fuhr das U-Boot weiter, ohne dass etwas passierte. Sie schienen die Lumis fürs Erste abgehängt zu haben. Olf und Hildegard vertrieben sich die Zeit mit Kartenspielen, wobei Hildegard Olf immer wieder beschuldigte, geschummelt zu haben.

»Schlimmer als kleine Kinder«, murmelte Margot und schüttelte den Kopf.

Als Olf nicht aufpasste, nutzte Günther die Gelegenheit und fraß das letzte Stück von dessen Sandwich. Olf wunderte sich, als er danach greifen wollte und es nicht mehr da war, aber es schien ihn nicht groß zu stören.

»Wir sind bald am Ziel«, verkündete Trixi schließlich und wurde etwas langsamer. Auf dem Bildschirm war zu erkennen, dass sie sich den Bermuda-Inseln näherten.

»Schade, dass wir nicht hier sind, um Urlaub zu machen«, bemerkte Lena trocken. »Ein bisschen Sonne und Strand könnte ich jetzt gut vertragen.«

Damit sprach sie Fritz aus der Seele. Seit dem Sommer war so unglaublich viel passiert, dass er sich nach etwas Erholung und Normalität sehnte. Er hoffte inständig, dass sie dieses Abenteuer heil überstehen und Maris Mutter finden würden.

Trixi steuerte jetzt auf ein großes Korallenriff zu. Staunend betrachtete Fritz die vielen bunten Fische und Korallen, die sich hier tummelten. Er war noch nie zuvor in den Tropen gewesen. Dieses Riff war größer und farbenprächtiger als alles, was er bisher gesehen hatte. Leider war Klaus nicht dabei. Er hätte ihnen sicher jede Menge darüber erzählen können.

Das U-Boot glitt nun wesentlich langsamer voran, und Trixi passte auf, dabei keine Korallen zu beschädigen.

Nach einigen Minuten bemerkte Fritz, dass sich irgendetwas verändert hatte. Je weiter sie fuhren, desto blasser und kümmerlicher sahen die Korallen aus, und es schwammen auch immer weniger Fische dazwischen herum. Schließlich war weit und breit nichts mehr außer toten Korallen zu sehen, deren Äste wie bleiche Knochen ins Wasser ragten. Es war ein schrecklicher Anblick.

»Korallenbleiche.« Fritz schluckte. Er hatte schon viel darüber gelesen, aber es mit eigenen Augen zu sehen, war etwas völlig anderes.

»Und manche Menschen behaupten immer noch, es gäbe keinen Klimawandel.« Lena seufzte.

»Ich bin da ganz bei euch«, sagte Ingrid. »Aber ich glaube, hier dran ist nicht nur der Klimawandel schuld.« Sie zeigte auf eine Koralle, an der irgendetwas klebte. Etwas Kleines und Wabbeliges, das blau leuchtete.

»Ein Lumi?«, rief Fritz. »Hier sind sie also auch!«

»Das kann nur bedeuten, dass wir uns dem Tor nähern«, meinte Margot.

In der Ferne kamen nun die Umrisse einiger Säulen in Sicht. »Was ist das?«, fragte Fritz.

Mari war neben ihn getreten. »Sieht aus wie … ein Tempel.«

Sie hatte recht. Fritz und Lena hatten einmal mit ihren Eltern Urlaub in Griechenland gemacht und dabei ein paar antike Tempelruinen besichtigt. Dieser hier schien noch völlig intakt zu sein – und er befand sich unter Wasser! Das Giebeldreieck war mit steinernen Fischen und Dreizacken geschmückt, und darunter befand sich eine Reihe grimmig dreinblickender Wasserspeier. Aus dem Inneren des Tempels drang ein geheimnisvolles blaues Leuchten.

»Ein Poseidontempel«, stellte Hildegard fest.

»Abgefahren!«, meinte Lena. »Müssen wir darein?«

Ingrid schaute in ihren Laptop und nickte. »Die Koordinaten, die Penelope angegeben hat, befinden sich genau dort, wo der Tempel steht. Ich vermute, dass sich das Tor direkt unter dem Gebäude befindet. Aber mit Trixi kommen wir da nicht rein. Wir müssen aussteigen.«

Fritz hatte schon befürchtet, dass sie das U-Boot früher oder später würden verlassen müssen. Normalerweise machte es ihm nichts aus, unter Wasser zu sein. Im Gegenteil, mit den O2-Gums fühlte er sich sprichwörtlich ganz in seinem Element.

Aber die Ungewissheit, was sie in dem Tempel erwartete, machte ihm Angst.

Lena schien zu spüren, was er gerade dachte, und sie legte ihm eine Hand auf die Schulter. »Hey, wir haben es immerhin schon mit Xulayla aufgenommen.«

»Margot hat gesagt, dass Xulayla nichts im Vergleich zu Gargor ist«, antwortete Fritz. »Was, wenn wir ihm und seinen Armeen direkt in die Arme schwimmen?«

»Das Wichtigste ist jetzt erst mal, dass wir Maris Mutter finden«, sagte Lena.

»Ja, und dann müssen wir dieses blöde Tor schließen, damit die Lumis nicht mehr rauskönnen«, ergänzte Mari.

»Wir kümmern uns in der Zwischenzeit um die Lumis, die schon draußen sind«, sagte Margot, und die anderen Mitglieder des Geheimbundes nickten.

Dann reichte Mari Fritz und Lena ein paar O2-Gums und bot auch Margot, Ingrid und Ian welche an, die gerade dabei waren, in ihre Tauchanzüge zu schlüpfen.

Margot winkte ab. »Danke, aber wir machen das lieber auf die altbewährte Art.«

»Na gut.« Mari zuckte mit den Schultern und steckte die Kaugummis wieder ein.

Olf machte noch ein paar Dehnübungen, während Ian die Harpunen überprüfte, und Hildegard legte ihren Gehstock beiseite. Dann machten sie sich bereit, um über die Wasserrutsche nach draußen zu gelangen.

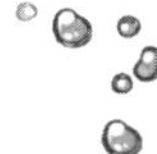

Nach so langer Zeit im U-Boot kam es Fritz merkwürdig vor, plötzlich ins Wasser einzutauchen. Trotzdem war das Gefühl gleichzeitig auch vertraut. Wieder einmal stellte er erstaunt fest, dass die O2-Gums nicht nur seine Sinne schärften, sondern ihm auch ein wenig die Angst nahmen. Unter Wasser fühlte er sich mutiger und zuversichtlicher, als er es normalerweise war.

»Na, dann wollen wir mal sehen, was sich in diesem Tempel versteckt«, sagte Olf und schwamm voraus. Hildegard bewegte sich im Wasser trotz ihres gebrechlichen Aussehens erstaunlich schnell, und auch Océane glitt anmutig durch die Wellen. Fritz konnte nicht anders, als sie anzustarren. Auch wenn sie wie alle Meermenschen keinen Fischschwanz hatte, kam sie der klassischen Vorstellung von einer Meerjungfrau wohl am nächsten.

»He, nicht träumen!« Mari stieß ihn in die Seite und zeigte auf den Tempel. »Wir haben eine Mission zu erfüllen.«

Noch ehe sie die Stufen des imposanten Gebäudes erreichten, kamen ihnen mehrere Lumis entgegen, die sofort die Flucht ergriffen, als Ian seine Harpune auf sie richtete. Sie waren noch ziemlich klein und wirkten nicht sehr bedrohlich.

Doch nachdem sie die ersten Säulen passiert hatten, bot sich ihnen ein ganz anderes Bild. Fritz blinzelte ungläubig. Hier wimmelte es vor Lumis! Sie waren also für das blaue Leuchten verantwortlich. Es waren so viele Tiere, dass man kaum sehen konnte, wo der Eingang war. Fritz spürte etwas an seinem Hosenbein, und als er an sich heruntersah, hingen zwei Lumis an seiner Jeans. Er schüttelte sie ab, doch sie griffen direkt wieder an. Sie hatten es auf Mari abgesehen!

Margot gab den Kindern per Handzeichen zu verstehen, dass sie aus der Schusslinie schwimmen sollten.

Fritz, Lena und Mari wichen zurück, sodass Margot, Ingrid, Olf und Ian freie Bahn hatten. Mit ihren Harpunen schossen sie von mehreren Seiten auf die Lumis, während Océane und Hildegard Beschwörungsformeln murmelten, um den Tintenfischen Einhalt zu gebieten. Zunächst hatte Fritz nicht den Eindruck, dass sich etwas veränderte, aber dann sah er immer mehr der Tiere getroffen zu Boden taumeln, während andere schnell das Weite suchten. Nach einer Weile waren es spürbar weniger geworden, und die drei Freunde konnten endlich weiterschwimmen.

Als sie fast bis zum Ende des Säulenganges vorgedrungen waren, erblickte Fritz einige Meter vor ihnen die Umrisse einer Gestalt. Sie schwamm vor dem Tempeleingang und hatte beide Arme erhoben, so als würde sie die Lumis beschwören. War das etwa Gargor? Fritz kniff die Augen zusammen, aber er konnte es nicht genau erkennen, da die Lumis so schnell um sie herumwuselten. Plötzlich wurden die Tintenfische am Eingang von einer unsichtbaren Kraft weggeschleudert. Fritz schaffte es gerade noch auszuweichen, als einer von ihnen in seine Richtung flog, gegen eine der Säulen prallte und bewusstlos zu Boden taumelte.

»Was zur Hölle …?«, sagte Lena neben ihm. Sie starrte die Gestalt vor ihnen an, und nun sah Fritz es auch: Es handelte sich um eine Frau, und sie hatte eine verblüffende Ähnlichkeit zu Mari.

Die zierliche Figur, die langen weißblonden Haare – nur dass ihre zu einem ordentlichen Zopf geflochten waren. Sie trug ein schwarzes Kapuzenshirt und eng anliegende schwarze Jeans. Es gab keinen Zweifel, das musste Penelope sein, Maris Mutter.

Fritz blickte zu Mari, die ein Stück hinter ihnen

schwamm. Ihre Augen weiteten sich, als sie die Frau erkannte. »Mama«, flüsterte sie.

Erneut versuchten zwei der Lumis, sie anzugreifen, aber Maris Mutter machte eine Handbewegung, woraufhin beide in hohem Bogen wegflogen. Wie machte sie das? Fritz konnte kaum fassen, dass Penelope es allein mit einer ganzen Horde Lumis aufnahm. Sie wirkte noch nicht einmal besonders angestrengt dabei.

Nachdem sie die letzten Lumis in ihrer Nähe in die Flucht geschlagen hatte, strich sie sich eine Strähne aus der Stirn, die sich aus ihrem Zopf gelöst hatte, und blickte dann in Richtung der Kinder. In ihren Augen spiegelten sich Freude und Schmerz zugleich, als sie Mari erblickte.

»Mama!«, rief Mari jetzt und schwamm auf ihre Mutter zu. Die beiden fielen sich in die Arme. Mari fing an zu schluchzen, und auch Penelope war sichtlich überwältigt, ihre Tochter endlich wiederzusehen. Fritz drehte sich weg, weil er das Gefühl hatte, den Moment zu stören.

»Ihr könnt ruhig herkommen.« Penelope winkte die Zwillinge zu sich. »Schließlich seid ihr Maris Freunde, und ich denke, ich schulde euch allen eine Erklärung.«

Die Kinder und Penelope zogen sich in eine Ecke des Tempelvorhofs zurück, wo deutlich weniger los war. Sie waren unbewaffnet und konnten nicht riskieren, dass ihnen etwas passierte, bevor sie das Tor erreichten. Draußen vor den Stufen des Gebäudes kämpften die Mitglieder des Geheimbundes weiter gegen die Lumis.

Fritz konnte es kaum glauben, dass sie Maris Mutter tatsächlich gefunden hatten. Und wie es aussah, waren sie genau zum richtigen Zeitpunkt eingetroffen.

»Ich habe mir schon gedacht, dass dich der Brief nicht davon abhalten würde, nach mir zu suchen«, sagte Penelope jetzt. »Du bist eben meine Tochter.« Trotz der ernsten Situation lächelte sie.

Mari sah ihre Mutter an. »Das, was du da vorhin gemacht hast … mit dem Wasser und den Lumis … du hast mir nie erzählt, dass du das kannst.«

»Lumis?« Penelope musste lachen. »So nennt ihr die Spione der Unterwelt? Das klingt doch viel zu niedlich!«

»Wir wussten ja anfangs nicht, dass sie gefährlich sind«, meinte Lena.

Penelope wurde wieder ernst. »Ja, sie können sich ganz gut tarnen … Aber um die Frage zu beantworten, das mit meinen Kräften fing an, als ich ungefähr in Maris Alter war«, erklärte sie. »Solange ich noch an Land lebte, habe ich mich deswegen immer als Außenseiterin gefühlt. Später bei den Sturmpiraten waren die Fähigkeiten dann ganz hilfreich. Aber in Almaris habe ich sie nie benutzt. Eigentlich hatte ich mir vorgenommen, das nie mehr wieder zu tun. Ich wollte mit meinem alten Leben abschließen. Und ich dachte, wenn ich dir nichts davon erzähle, würdest du vielleicht verschont bleiben. Jetzt weiß ich natürlich, wie dumm das war. Ich habe dich dadurch erst recht in Gefahr gebracht.« Sie sah betrübt zu Boden.

»Du konntest ja nicht wissen, dass die Lumis mir an Land folgen würden«, meinte Mari.

»Aber ich hätte auf Hildegard hören sollen. Sie hat mir schon damals gesagt, dass Gargor und seine Anhänger unberechenbar sind.«

»Stattdessen hat Papa sie einfach rausgeschmissen«, stellte Mari bitter fest.

»Ja, aber er wollte mir nur helfen.« Penelope seufzte. »Ich war außer mir vor Sorge, konnte nachts nicht mehr schlafen. Außerdem hat sie sich vorher auch schon manchmal geirrt. Jetzt weiß ich natürlich, dass ein Problem nicht weggeht, wenn man es nur lange genug ignoriert. Deswegen habe ich dann beschlossen, die Sache selbst in die Hand zu nehmen.«

»Aber wie willst du das anstellen?«, fragte Lena.

»Hildegards Prophezeiung besagt, dass nur die Auserwählte in der Lage ist, das Tor mit einem Ritual zu schließen, wenn es einmal geöffnet wurde. Man benötigt dazu je ein Artefakt aus beiden Welten, eins aus der Welt Poseidons und eins aus der des Hades.«

»Aber die haben wir doch nicht. Oder?«, fragte Fritz.

»Na ja …« Penelope zwinkerte ihm verschwörerisch zu und kramte in ihrer Tasche. »Ich würde sagen, das hier ist schon mal ein Anfang.« Sie hielt ihnen einen kleinen Gegenstand hin, der Fritz äußerst bekannt vorkam.

»Das Amulett des Poseidon … aber wie …?«

»Ich war schon immer gut darin, Dinge zu stibitzen.« Penelope grinste.

»Aber das Amulett ist doch in Almaris«, schaltete sich Olf ein. Er und Hildegard, die einen etwas erschöpften Eindruck machte, hatten sich zu ihnen gesellt. Es sah so aus, als hätte der Geheimbund die Lumis fürs Erste verscheucht. »Ich habe erst vor ein paar Tagen mit Runa darüber gesprochen.«

»Ich habe es gegen ein identisches ausgetauscht«, sagte Penelope schulterzuckend. »War nicht besonders schwer. Wunibald sollte dringend mal die Sicherheitsvorkehrungen in Almaris überprüfen lassen.«

»Und darüber nachdenken, ob Runa für den Job überhaupt geeignet ist«, giftete Hildegard. »Erst hat sie sich den Aquamarin klauen lassen und jetzt auch noch das Amulett. Mir wäre das sicher nicht passiert!«

»Ich glaube, jetzt ist nicht die Zeit für solche Überlegungen«, meinte Mari. »Die Frage ist doch, ob man das Ritual auch mit nur einem der beiden Artefakte durchführen kann.«

»Das geht, aber man muss dazu auf die Seite des Tors, von der aus es geöffnet worden ist«, sagte Penelope.

»Du meinst … in die Unterwelt?«, fragte Lena.

Penelope nickte.

»Aber bedeutet das nicht, dass die Person, die das Tor schließt, dann dortbleiben muss?« Fritz hatte einen Kloß im Hals.

Maris Mutter holte tief Luft. »Ich befürchte es. Zumindest so lange, bis wir den zweiten Gegenstand gefunden haben. Aber es wäre das kleinere Übel, wenn dafür unzählige Leben im Meer gerettet werden könnten. Denn die Lumis sind erst der Anfang, und ihr habt ja gesehen, wozu sie fähig sind.«

»Ich werde nicht zulassen, dass du alleine in die Unterwelt gehst. Dann komme ich mit!«, sagte Mari trotzig.

»Auf keinen Fall!« Penelope schien fest entschlossen, ihren Plan umzusetzen.

»Gibt es keine andere Möglichkeit?«, fragte Fritz.

»Wir können höchstens versuchen, das Tor irgendwie zu blockieren.«

»Dann lasst uns das probieren«, sagte Océane, die keuchend angeschwommen kam. »Es wird sicher nicht lange dauern, bis die Lumis wiederkommen. Und ich schätze, sie werden Verstärkung aus Einöd mitbringen.«

Nyx

Mit klopfendem Herzen folgte Fritz den anderen, als die kleine Truppe durch den Eingang ins Tempelinnere schwamm. Fritz stockte der Atem. Das Bauwerk sah von innen noch beeindruckender aus als von außen. Mit der Lumi-Horde war auch das blaue Licht verschwunden, und der gesamte Tempel wurde jetzt von einem sanften smaragdgrünen Leuchten erfüllt. Eine Reihe massiver Säulen säumte den Hauptgang, der direkt auf eine gigantische Poseidonstatue zuführte. In den Tiefen der Halle herrschte trügerische Stille, weit und breit war kein einziger Lumi zu sehen.

Die Ruhe vor dem Sturm, dachte Fritz. Ehrfürchtig betrachtete er die Statue.

Poseidon saß in einem Wagen, der von mehreren Pferden mit Fischschwanz gezogen wurde. Fritz wusste, dass diese Wesen Hippokampen genannt wurden. In der linken Hand hielt Poseidon die Zügel, und mit der rechten schwenkte er gebieterisch seinen Dreizack. Er wirkte würdevoll und unerschrocken, als könnte ihn so schnell nichts erschüttern.

Fritz kam sich plötzlich furchtbar klein und unbedeutend vor. Was konnte er als Sterblicher schon gegen die bösen Mächte ausrichten, wenn es noch nicht einmal ein Gott vermochte?

Lena riss ihn aus seinen Gedanken. »Und jetzt? Wo ist dieses Tor?«

»Am besten suchen wir den Boden nach Öffnungen oder Rissen ab«, schlug Penelope vor. »Es kann noch nicht besonders groß sein, sonst hätten auch größere Kreaturen hindurchschlüpfen können. Die Lumis sind die kleinsten von Gargors Dienern.«

Sie teilten sich auf und machten sich daran, den Boden genau unter die Lupe zu nehmen. Doch außer ein paar kleinen Fischen, die sich in den Tempel verirrt hatten, fand Fritz zunächst nichts. Halt, was war das? Auf einer Bodenfliese am Fuße der Statue entdeckte er einen haarfeinen Riss.

»Ich glaube, ich hab was gefunden!«, rief er den anderen zu.

Sofort scharten sich alle um die Stelle. Penelope schwamm näher heran und klopfte die Fliese vorsichtig ab, doch alles schien unauffällig. Fritz fragte sich schon, ob er falschen Alarm gegeben hatte. Der Riss war mit bloßem Auge kaum zu erkennen. Das konnte unmöglich die Öffnung sein, durch die die Lumis ins Meer gelangt waren.

In diesem Moment erklang ein dumpfes Grollen. Es schien von tief unten zu kommen. Erschrocken sahen Fritz und Lena sich an.

Da war es wieder! Es klang wie ein herannahendes Gewitter, und diesmal hatte Fritz kurz das Gefühl, dass der Boden zitterte. Was konnte das sein?

Wieder ertönte das Geräusch, und nun war es eindeutig zu erkennen: Die Erde unter ihnen bebte und versetzte auch das Wasser in Schwingungen. Ein kleiner Fisch neben ihnen nahm schnell Reißaus.

Das Grollen kam näher und näher, und es klang, als drängte eine Armee von Höllenhunden an die Oberfläche. Fritz wurde beinahe schlecht vor Angst.

Beim nächsten Beben knirschte die Fliese unter ihnen, und der Riss wurde zu einem schmalen Spalt. Er war nur wenige Millimeter breit, doch Fritz spürte, dass darunter etwas war, das um jeden Preis herauswollte.

Da erschien auch schon ein winziger Fangarm, und kurz darauf zwängte sich der erste Lumi durch den Spalt. Fritz wich unwillkürlich ein Stück zurück, als weitere folgten. Sie hielten kurz inne und drehten sich dann in Maris Richtung.

In diesem Moment strömte ein zweiter Schwarm Lumis aus der anderen Richtung in den Tempel. Was war denn jetzt los?

»Oje, das müssen die sein, die uns aus Einöd gefolgt sind!«, rief Lena entsetzt.

Die Tintenfische schlossen sich zu einem Ring zusammen, wie sie das schon bei der ersten Fahrt mit Trixi getan hatten, und kesselten die Freunde ein. Ihre Bewegungen schienen aufeinander abgestimmt, als wären sie ein einziges riesiges Tier.

Genau wie in meinem Albtraum, dachte Fritz. Nur saß er diesmal mit in der Falle.

ZISCH! ZISCH! Noch bevor die Lumis angreifen konnten, prasselten Harpunenpfeile auf sie ein. Fritz, Lena und Mari gingen sofort hinter einer der massiven Säulen in Deckung. Aus ihrem Versteck konnten sie sehen, wie die Mitglieder des Geheimbundes durch den Säulengang schwammen und die Lumis ins Visier nahmen.

Immer noch bebte die Erde, und das Grollen schwoll bedrohlich an. Die kaputte Steinplatte vibrierte wie ein Kessel, der kurz vorm Überkochen war. Darunter mussten sich Hunderte, wenn nicht gar Tausende Lumis verbergen!

Plötzlich zerbarst die Fliese vollständig, und Steinbrocken flogen in alle Richtungen. Fritz drückte sich an die Säule und hielt den Atem an. Nur einen Sekundenbruchteil später schoss etwas heraus. Doch es waren keine Lumis, sondern es war ein riesiger reptilienartiger Kopf, der zu einem langen, schuppigen Körper gehörte. Eine Schlange! Am anderen Ende ihres Körpers saß zu Fritz' Verblüffung ein weiterer Kopf. Das Wesen schraubte sich empor und baute sich fauchend vor ihnen auf. Sein schimmernder Schlangenkörper leuchtete giftgrün, und die gelben Augen der beiden Köpfe loderten vor Wut und Angriffslust. Die Kreatur sah so furchterregend und bösartig aus, dass Fritz anfing zu zittern.

Das Wasser um die Schlange herum verfinsterte sich, so als würde alles Licht von ihr absorbiert werden. Aus der Öffnung zur Unterwelt strömten nun auch unzählige weitere Lumis in den Tempel und schwirrten um die monströse Schlange herum wie glibberige Motten. Die übrigen, die den Harpunenpfeilen entgangen waren, schlossen sich ihnen an.

»Wa…was ist das?«, flüsterte Fritz.

»Das muss Nyx sein, Gargors zweiköpfige Schlange«, rief Penelope, die sich schützend vor dem Versteck der drei aufgebaut hatte. »Er hat sie nach der Göttin der

Nacht benannt. Ich habe bisher nur von ihr gelesen, aber ihr solltet unbedingt vermeiden, ihr länger in die Augen zu sehen!«

»Was passiert sonst?«, fragte Lena ängstlich.

»Der Legende nach kann einer der Köpfe mit Blicken töten. Ich weiß nicht, wie es euch geht, aber ich bin jedenfalls nicht scharf drauf herauszufinden, welcher es ist!«

Die Schlange hielt kurz inne, als wollte sie Witterung aufnehmen. Dann schnellte sie auf die Mitglieder des Geheimbundes zu.

Ian nahm sie sofort ins Visier und feuerte einen Harpunenpfeil auf sie, doch dieser prallte einfach an der Haut des Reptils ab. Ihre Schuppen waren offenbar hart wie ein Panzer.

Die Schlange schüttelte sich und riss ihre zwei riesigen Mäuler auf, in denen spitze Zähne aufblitzten. Der Pfeil hatte nicht einmal einen Kratzer auf ihrer Haut hinterlassen, aber sie noch wütender gemacht.

»Kümmert ihr euch um die Lumis, Mari und ich knöpfen uns die Schlange vor«, rief Penelope dem Nautilus-Bund zu, der sich sofort in den Kampf stürzte.

»Wie sollen wir das denn machen?«, fragte Mari verzweifelt und schwamm zu ihrer Mutter.

»Vertrau mir einfach! Stell dir eine Wand vor.« Als die Schlange sich ihnen zuwandte und angriff, streckte Penelope ihr die Handfläche entgegen, und Mari tat es ihr gleich. Zunächst geschah nichts, doch dann formte sich das Wasser vor ihnen zu einer Wand und erstarrte. Es hatte sich in Eis verwandelt! Die Schlange prallte mit einem ihrer Köpfe dagegen und zischte irritiert.

»Das ist ja abgefahren!« Mari betrachtete ihre Hand.

Doch so schnell gab die Schlange nicht auf. Aus ihren Nasenlöchern blies sie eine giftgrüne Wolke auf das Eis, woraufhin es sofort zu schmelzen begann.

Penelope fluchte. »Es wäre am besten, wenn wir sie von zwei Seiten gleichzeitig angreifen würden. Schwimm du dahin«, sie deutete auf den Nebengang links der Poseidonstatue, »und ich versuche es von der entgegengesetzten Seite. Vielleicht können wir sie so einkesseln.«

Doch das war leichter gesagt als getan, erst recht bei einer Kreatur mit zwei Köpfen. Die Schlange verstand sofort, was die beiden vorhatten, und versperrte Mari den Weg. Bevor die reagieren konnte, hatte die Schlange ihren schuppigen Körper um sie geschlungen.

»NEIN!«, schrie Penelope.

Nyx rotierte im Kreis, und das schwarze Wasser um sie herum schien zu brodeln. Sie hatte Mari so fest im Griff, dass ein Entkommen unmöglich war.

»Oh Gott!«, keuchte Lena hinter Fritz. »Los, wir müssen irgendwas machen!«

Vorsichtig wagte Fritz sich aus seinem Versteck und blickte sich Hilfe suchend um, aber Margot und die anderen hatten noch immer alle Hände voll zu tun, um mit den Lumis fertigzuwerden.

Da sah er etwas Kleines neben Maris Fuß im Wasser auf und ab hüpfen. Günther! Der Seeigel hatte es irgendwie geschafft, sich aus Maris Jackentasche zu befreien, und versuchte, Fritz auf etwas am Boden aufmerksam zu machen. Fritz blickte hinunter. Dort lagen mehrere Steinbrocken. Was hatte Günther vor?

Fritz sah sich die Splitter genauer an. Einer davon war ziemlich spitz. Jetzt verstand er, was der Seeigel meinte! Er nickte Günther unmerklich zu und griff nach dem Stück. Der scharfkantige Stein bohrte sich in seine Handfläche.

Günther schwamm um die Schlange herum, die Mari immer noch so festhielt, als wollte sie sie erwürgen.

»Fang mich doch, du blöde Schlange«, sang er und schwamm vor den Augen der Wasserschlange im Zickzack. »Du kriegst mich eh nicht!«

Die schlitzförmigen Pupillen zuckten hin und her. Nyx schien nicht so recht zu wissen, was sie damit anfangen sollte.

»Jetzt!«, rief Günther Fritz zu.

Zum Nachdenken blieb keine Zeit. Fritz stieß sich mit den Beinen kräftig ab und schwamm auf die Schlange zu. Er nahm all seinen Mut zusammen und rammte ihr den Steinsplitter in eines ihrer Augen. Volltreffer!

Die Höllenschlange stieß einen markerschütternden Schrei aus und ließ Mari los, die sofort zu Penelope schwamm.

»Gut gemacht, Fritz!«, rief Lena ihrem Bruder zu.

Aus dem verletzten Auge troff zäher grüner Schleim, und Nyx brüllte vor Schmerzen. Rasend vor Wut, schlug sie um sich und versuchte, den Splitter loszuwerden, der noch immer in ihrem Auge steckte. Dabei prallte sie mit voller Wucht gegen die Poseidonstatue. Am Hals des Meergottes bildete sich ein Riss, und sein riesiger Kopf begann, bedrohlich zu wackeln. Fritz zog sich schnell wieder zu Lena hinter die Säule zurück, um nicht von dem Steinkoloss zermalmt zu werden, als dieser zu Boden ging. Die Schlange war abgelenkt, und Penelope und Mari nutzten die Gelegenheit, um einen neuen Angriff zu starten. Mari positionierte sich links von der Schlange, während ihre Mutter auf die andere Seite schwamm.

Auf Penelopes Kommando hoben sie beide Arme und ließen vor sich im Wasser Strudel entstehen, die sich von beiden Seiten aus auf Nyx zubewegten. Die beiden Trichter wurden zusehends größer und schneller und trafen dann genau in der Mitte aufeinander, wo sie sich zu einem einzigen mächtigen Strudel vereinten. Ehe die Schlange sich versah, wurde sie davon erfasst und durch das Wasser gewirbelt. Dabei wurden auch die Lumis, die sich im Tempel befanden, mitgerissen, als würden sie von dem Strudel eingesaugt werden. Man konnte nur noch eine wabernde Masse sehen, die giftgrün und blau leuchtete.

Die ungeheure Sogkraft war bis zu Fritz und Lena zu spüren, die sich reflexhaft an der Säule festklammerten, um nicht von der Strömung erfasst zu werden. Auf der anderen Seite des Tempels schien es den Mitgliedern des Geheimbundes nicht anders zu gehen.

In atemberaubendem Tempo bewegte sich der Strudel auf die Öffnung zu, aus der die Schlange vorhin gekommen war.

»Auf Nimmerwiedersehen, ihr Biester!«, brüllte Mari, als Nyx und die Lumis von dem gigantischen Wirbel direkt in das Loch befördert wurden. Sie waren weg!

Fritz merkte erst jetzt, dass er immer noch am ganzen Körper zitterte.

»Ihr habt es geschafft!«, jubelte Lena.

»Noch nicht ganz.« Penelope sah sich um. »Wir müssen das Loch verschließen, sonst können sie jederzeit wieder rauskommen.«

Lena zeigte auf Poseidons Kopf, der einige Meter entfernt auf dem Steinboden lag. »Nehmt doch den.«

»Gute Idee!« Gemeinsam versuchten sie, den zentnerschweren Stein über die Öffnung zu rollen. Die Mitglieder des Geheimbundes halfen tatkräftig mit. Dennoch war es Millimeterarbeit.

»Nur noch ein bisschen!«, ächzte Olf, und die anderen gaben noch einmal alles.

Als der Stein fast an der richtigen Position lag, stellten sie fest, dass immer noch ein Spalt offen war – vielleicht nicht breit genug für Nyx, aber ein Mensch würde ohne Weiteres hindurchpassen – und ein Lumi sowieso. Darunter gähnte ein bodenloser Abgrund.

»Mist, wir brauchen mehr Steine!«, rief Olf.

Da ertönte von unten ein gewaltiges Donnergrollen, das den ganzen Tempel erzittern ließ.

Sie sahen einander erschrocken an. Was hatte das zu bedeuten? Kam Nyx zurück? Fritz hatte das Gefühl, dass das Wasser, in dem sie sich befanden, spürbar wärmer wurde. Mit jeder Sekunde kam es ihm heißer vor, und bald schwitzte er regelrecht.

Erneut bebte der Meeresboden unter dem Tempel, und diesmal stürzte eine der massiven Säulen in sich zusammen.

»Gargor ist nah, ich spüre es ganz deutlich!«, warnte Hildegard.

»Oh nein, was sollen wir jetzt machen?«, rief Mari. Das Tor war nach wie vor geöffnet, und es konnte sich nur noch um wenige Augenblicke handeln, bis der Anführer der bösen Mächte sich seinen Weg zu ihnen bahnen würde.

»Es gibt nur eine Möglichkeit.« Penelope zog etwas

aus ihrer Tasche. Das Amulett des Poseidon. Fritz hatte es schon fast vergessen gehabt. Jetzt legte Penelope es sich um den Hals. »Ich werde da reinschwimmen und das Tor schließen.«

»Nein, tu das nicht!«, flehte Mari ihre Mutter an.

Als die Erde ein weiteres Mal bebte, diesmal stärker als je zuvor, brachen gleich drei Säulen nacheinander ein.

»Wir müssen hier raus, der Tempel stürzt ein!«, schrie Océane.

Fritz' Herz schlug bis zum Zerspringen. Ihnen blieb nicht viel Zeit. Er griff nach Maris Hand, doch sie zog sie weg.

Penelope blickte ihrer Tochter in die Augen. »Es tut mir leid.«

Mit diesen Worten schwamm sie hinunter in den schwarzen Abgrund.

»Mama, *NEIN!*«, schrie Mari, doch es war zu spät.

Sie fiel weinend auf die Knie und versuchte verzweifelt, sich auch durch die Öffnung zu zwängen, aber Olf hielt sie fest, während der Spalt anfing, sich zu schließen. Schnell und unaufhaltsam wurde er kleiner und kleiner, bis er schließlich ganz verschwand. Das Tor hatte sich wieder geschlossen.

Irgendwie gelang es Olf, Fritz und Lena, Mari von der Stelle wegzuziehen. Während um sie herum Säulen und Steine herabfielen und sie achtgeben mussten, nicht getroffen zu werden, schwammen sie mit ihrer Freundin im Schlepptau Richtung Ausgang.

Sie hatten es gerade geschafft und die Stufen hinter sich gelassen, als der ganze Tempel unter ohrenbetäubendem Getöse in sich zusammenbrach. Von dem ehemals prächtigen Gebäude war nur noch ein Trümmerhaufen übrig.

Der Abschied

Im Nachhinein konnte Fritz gar nicht mehr genau sagen, wie sie wieder zurück ins U-Boot gekommen waren. Sie hatten die Schlange besiegt, und das Tor war wieder geschlossen, sodass kein Wesen aus der Unterwelt – seien es nun die Lumis, Nyx oder etwa Gargor selbst – herauskommen konnte. Und trotzdem fühlte er sich einfach nur schrecklich. Nicht einmal die träumerische Musik, die Trixi im Hintergrund spielte, half diesmal.

Seit Penelope durch das Portal verschwunden war, hatte Mari kein Wort mehr gesprochen. Sie hatte zwar aufgehört zu weinen, aber wirkte wie erstarrt. Fritz wusste überhaupt nicht, was er zu ihr sagen sollte. Wie sollte er anfangen? Alle tröstenden Worte, die ihm einfielen, kamen ihm unpassend vor. Wie furchtbar musste es für Mari sein, ihre Mutter wieder zu verlieren, nachdem sie

sie gerade erst wiedergefunden hatte! Und vielleicht war es diesmal sogar ein Abschied für immer …

Auch unter den anderen war die Stimmung gedämpft. Ian saß zusammengesunken in seinem Sitz, während Ingrid mit verbissener Miene in ihren Laptop starrte. Margot telefonierte leise, und Fritz glaubte herauszuhören, dass sie mit Jacky sprach.

Er drehte sich zu Mari um, die ganz hinten im U-Boot saß. Olf war bei ihr und redete beruhigend auf sie ein. Fritz konnte nicht verstehen, worüber die beiden sprachen, aber irgendwann schüttelte Mari den Kopf, stand auf und starrte aus dem Fenster ins dunkle Wasser.

Olf erhob sich und kam dann zu Fritz und Lena herüber.

»Wie geht es ihr?«, fragte Lena besorgt.

Olf seufzte. »Nicht gut, aber das ist auch kein Wunder nach allem, was passiert ist.«

Fritz nickte. »Können wir irgendwie helfen?«

»Ich denke, das Beste ist, wenn ihr einfach für sie da seid«, meinte Olf. »Mari kann wirklich froh sein, dass sie Freunde wie euch hat.« Er lächelte.

»Dadurch kommt Penelope aber auch nicht zurück«, gab Lena zu bedenken.

»Das nicht, aber es wird ihr vielleicht leichterfallen, es zu akzeptieren … irgendwann.«

Da kannte er Mari aber schlecht, dachte Fritz insgeheim. So einfach würde sie ganz bestimmt nicht aufgeben. Er warf einen Blick zu Lena und konnte sehen, dass seine Schwester dasselbe dachte.

»Hört mal bitte her«, sagte jetzt Margot, die ihr Telefonat beendet hatte und nach vorne getreten war. Ihr Blick war ernst und ihre Stimme fest. »Ich weiß, dass das heute alles andere als leicht war. Jeder Einzelne von euch hat sein Bestes gegeben, und dazu zähle ich auch unsere drei neuen Freunde.« Sie nickte kurz in Richtung der Kinder. Trotz ihres schrillen Äußeren strahlte sie Respekt aus. Fritz konnte gut verstehen, warum die anderen Mitglieder des Geheimbundes sie zu ihrer Chefin gewählt hatten.

»Aber manchmal müssen wir auch Rückschläge oder Verluste in Kauf nehmen, um unsere Aufgabe zu erfüllen«, fuhr sie fort. »Dass wir Penelope verloren haben, schmerzt uns alle sehr.« Ihre Stimme wurde brüchig, und sie blickte betroffen zu Boden. Die anderen Mitglieder nickten schweigend. Océane schniefte, und Fritz sah, dass auch Olf Tränen in den Augen hatte. Er wischte sich mit dem Ärmel seines Shirts über das Gesicht.

»Aber wir müssen versuchen, das Positive zu sehen«, fuhr Margot fort. »Das Tor zur Schattenwelt ist wieder verschlossen, und Gargor wird es nicht ohne Weiteres wieder öffnen kön…«

»Ist das dein Ernst?«, rief Mari plötzlich dazwischen. Sie trat Margot gegenüber und stemmte die Hände in die

Hüften. »Ihr wollt meine Mutter einfach so aufgeben? Nach allem, was sie für den Geheimbund getan hat?«

Ihre grünen Augen funkelten vor Zorn. So wütend hatte Fritz sie noch nie gesehen.

Obwohl Mari ihr nur bis zur Brust reichte, wirkte Margot für einen kurzen Moment verunsichert. Mit dieser Reaktion schien auch sie nicht gerechnet zu haben. Aber sie fing sich sofort wieder. »Das habe ich nicht gesagt«, widersprach sie.

»Aber gemeint.« Maris Stimme klang vorwurfsvoll. »Das Tor ist geschlossen, yippie! Lasst uns zum Alltag übergehen. Möchte jemand vielleicht ein Stück Kuchen?« Sie schnaubte verächtlich.

»Mari, bitte beruhige dich.« Océane legte ihr eine Hand auf die Schulter, aber Mari schüttelte sie ab.

»Ich beruhige mich erst, wenn ihr mir sagt, was euer Plan ist!«

Margot sah sie fragend an. »Welcher Plan?«

»Na, was ihr tun wollt, um sie zurückzubringen!« Maris Stimme überschlug sich beinahe.

Margot seufzte. »Ich fürchte, das ist unmöglich.«

Mari blickte sich ungläubig um. »Aber es ist doch eure Aufgabe, alle Meeresbewohner zu beschützen! Irgendwas müsst ihr doch tun können.« Sie hob verzweifelt beide Hände.

Margot schüttelte betrübt den Kopf. »Wie stellst du dir

das vor? Das Tor ist geschlossen und der Tempel zerstört. Und selbst wenn es uns gelingen würde, das Tor wieder zu öffnen, wäre damit niemandem geholfen. Gargor und seine Diener hätten ungehinderten Zutritt in unsere Welt, und ich bezweifle, dass es beim nächsten Mal bloß Lumis sein werden, die er auf uns loslässt. Die waren nur ein kleiner Vorgeschmack auf das, was er sonst noch so im Repertoire hat. Du hast selbst erlebt, wozu Nyx fähig ist.«

Mari ließ die Arme sinken. »Wenn Fritz nicht gewesen wäre …«

Sie brach ab und sah zu ihm herüber. Fritz spürte einen Kloß im Hals, als ihre Blicke sich trafen.

»Aber ich kann doch nicht einfach *nichts* machen.« Mari klang jetzt verzweifelt, und kurz befürchtete Fritz, sie würde wieder in Tränen ausbrechen.

»Vielleicht gibt es eine Möglichkeit, Penelope zu retten und das Tor für immer zu verschließen«, schaltete sich Hildegard ein. »Allerdings würde das bedeuten, dass du deiner ursprünglichen Bestimmung folgen musst.«

Mari blickte die alte Frau an. »Du meinst, dass ich selbst durch das Tor schwimmen muss?«

Hildegard nickte. »Doch um sicher sein zu können, dass es funktioniert, brauchen wir die Artefakte. Und die befinden sich jetzt beide in der Unterwelt.«

»Wir müssen also irgendwie dorthin, um Penelope und

das Amulett wiederzuholen und den zweiten Gegenstand zu suchen.«

»Aber das Portal ist geschlossen«, gab Ingrid zu bedenken.

»Dann finden wir eben einen Weg, es wieder zu öffnen!«, sagte Mari.

»Auf keinen Fall! Das ist viel zu gefährlich!«, warnte Margot. »Wir können nicht zulassen, dass dir etwas passiert. Das würde Penelope sicher nicht wollen.«

»Wie wäre es denn, wenn wir uns Verstärkung holen würden?«, schlug Olf vor. »Wenn wir Wunibald alles erzählen, wird er bestimmt sämtliche Kräfte mobilisieren, um seine Frau zu retten.«

Margot sah ihn lange an und schien zu überlegen. »Das wäre auf jeden Fall besser als ein Alleingang«, sagte sie nach einer Weile. »Wenn wir auch nur den Hauch einer Chance gegen Gargor haben wollen, müssen wir gut vorbereitet sein.«

»Worauf warten wir dann noch?«, rief Mari. »Lasst uns gleich nach Almaris fahren!«

Margot und Olf wechselten einen Blick. »Es wäre nicht sehr klug, das zu überstürzen«, sagte Margot dann. »Wir sollten uns vorher sehr genau überlegen, wie wir es angehen wollen und wen wir einweihen. Bei so einem Vorhaben kommt es auf jedes Detail an. Und nicht jeder, der vertrauenswürdig erscheint, ist es auch tatsächlich.«

»Wie meinst du das?«, fragte Mari argwöhnisch. »Ich dachte, Gargors Diener sind alle wieder in der Unterwelt.«

»Ja, aber das heißt nicht, dass er nicht auch in unserer Welt Bewunderer hat«, entgegnete Hildegard. »Du würdest dich wundern, wie schnell manche Leute bereit sind, die Seiten zu wechseln. Und wenn das die falschen Leute sind, haben wir den Salat!«

Fritz schwirrte der Kopf. Das klang zwar ein bisschen nach einer Verschwörungstheorie, aber vermutlich war es tatsächlich gut, wenn sie erst mal einen genauen Plan schmiedeten.

In diesem Moment verkündete Trixi: »Wir nähern uns jetzt der *Roxana*.«

»Ah, sehr gut«, sagte Margot. »Dann kann Jacky euch Kinder nach Hause bringen.«

»Kommt ihr nicht mit an Bord?«, fragte Lena überrascht.

Margot schüttelte den Kopf. »Wir werden uns gleich noch einmal besprechen. Das machen wir nach jedem Einsatz so. Außerdem könnte ich jetzt wirklich einen Gin und eine Zigarre vertragen.«

Wenig später tauchte Trixi auch schon aus dem Wasser auf. Vor ihnen lag die *Roxana*, die gegen das kleine U-Boot riesig wirkte.

»Wir melden uns auf jeden Fall bei euch«, versprach

Margot, als sie sich von den Mitgliedern des Geheimbundes verabschiedeten.

»Und wir zwei sehen uns nachher zum Abendessen«, sagte Olf zu Mari und schloss sie fest in die Arme.

Als er Hildegard gegenüberstand, wurde Fritz ein wenig verlegen. »Ich nehme an, dass du nicht nach Einöd zurückkehren wirst«, sagte er.

Hildegard schüttelte den Kopf. »Es ist besser, wenn ich in Reichweite des Geheimbundes bleibe. Falls etwas ist …«, sie zog ihren Kommunikator aus der Tasche ihrer Strickjacke, »… wisst ihr ja jetzt, wie ihr Kontakt zu mir aufnehmen könnt.«

»Tja, dann …« Fritz sah zu Boden und blinzelte ein paar Tränen weg. »Du warst eine tolle Schildkröte, Hildegard. Ich werde dich vermissen.«

Hildegard sah ihn durch ihre dicken Brillengläser an, und tatsächlich stahl sich ein kleines Lächeln auf ihr runzliges Gesicht. »Mir hat es auch bei dir gefallen. Du bist ein guter Junge, Fritz. Bleib so.« Sie nickte ihm zu. »Und jetzt macht, dass ihr wegkommt!« Sie gestikulierte mit ihrem Stock in Richtung der *Roxana*.

Bevor die Kinder an Bord des Piratenschiffes gingen, blickte sich Fritz noch ein letztes Mal um. Doch die alte Frau, die einmal seine Wasserschildkröte gewesen war, hatte ihm bereits den Rücken zugekehrt.

»Mach's gut, Hildegard«, sagte er leise.

Ein
neuer
Anfang?

Fritz war heilfroh, als sie sich endlich an Bord der *Roxana* einfanden. Für heute reichte es ihm wirklich mit den Abenteuern unter Wasser.

»Ah, wie schön, ein paar bekannte Gesichter«, freute sich Graham der Garstige, der ihnen in einem Blaumann entgegenkam – was ziemlich schräg aussah, in Anbetracht der Tatsache, dass er ein Skelett war. »Ihr kommt genau rechtzeitig, ich hab gerade den Essensautomaten repariert.«

»Na, hoffentlich serviert er nicht wieder Nudeln mit geschmolzenen Schokoriegeln«, sagte Jacky, die soeben an Deck gelaufen kam, um die Kinder zu begrüßen. Die Piratenkapitänin trug heute ausnahmsweise kein Schwarz, sondern blaue Jeans mit Löchern und eins von ihren selbst designten T-Shirts. Darauf stand in Pink *Was zum* und darunter waren die Umrisse eines Geiers abgebildet. Ob Voldi dafür als Modell gedient hatte? Der Geier flatterte auf die Reling und krächzte zur Begrüßung.

»Ich weiß gar nicht, was du hast, also ich fand die geschmolzenen Schokoriegel lecker.« Klaus trat neben Jacky und lächelte.

Fritz war überrascht, seinen Onkel hier zu sehen. Und gleich hinter ihm stand Konstantin. »Was macht ihr beide denn hier?«, fragte er.

»Na ja, ich hatte ein schlechtes Gewissen, weil ich Zelda ausgesetzt hab«, erklärte Konstantin etwas verschämt. »Als ich gesehen hab, was im Stadtpark passiert ist, dachte ich, dass ich vielleicht daran schuld bin. Und dann hab ich Jacky gefragt, ob ich helfen kann.«

»Du warst wirklich eine super Unterstützung«, lobte Klaus ihn. »Auch wenn sich das Problem mit den Lumis für uns ja relativ schnell erledigt hatte.« Er schaute zu Mari und den Zwillingen. »Ich schätze, für euch war es nicht ganz so einfach.«

Fritz blickte ihn fragend an. Er war davon ausgegangen, dass Margot Jacky über die Geschehnisse im Tempel informiert hatte. Aber wusste sein Onkel etwa auch Bescheid? »Was genau meinst du?«

»Na ja, sie sind euch doch in die Quere gekommen, während ihr mit dem U-Boot von Jacquelines Oma unterwegs wart. Deswegen haben wir euch hier aufgegriffen.

Schade übrigens, dass Margot nicht mitgekommen ist. Ich hätte sie gerne kennengelernt.«

»Ähhh, Moment mal«, sagte Lena argwöhnisch. *»Jacqueline?«*

Jacky rollte mit den Augen. »Ja, so heiße ich eigentlich. Aber nur wenige Leute dürfen mich so nennen.« Sie räusperte sich und warf einen kurzen Seitenblick auf Klaus. Bildete Fritz sich das nur ein, oder wurde sein Onkel ein wenig rot?

Lena stieß ihn in die Seite. »Denkst du, was ich denke?«

Es dauerte ein paar Sekunden, bis bei Fritz der Groschen fiel. Er sah seine Schwester ungläubig an. »Klaus und Jacky? Meinst du echt?«

»Habt ihr es ihnen etwa nicht gesagt?« Konstantin, der mal wieder das Feingefühl einer Dampfwalze bewies, schaute von Klaus zu Jacky und grinste breit.

Klaus räusperte sich. »Ähem … nein, die Gelegenheit hat sich bis jetzt noch nicht ergeben. Aber das können wir ja jetzt nachholen.« Er legte einen Arm um Jackys Taille, und sie lehnte ihren Kopf an seine Schulter. »Jacqueline und ich … also wir sind ein Paar.«

Günther machte in Maris Tasche Würgegeräusche, was zum Glück weder Klaus noch Jacky hörten. Lena kicherte, und Fritz wusste vor Verblüffung nicht, was er sagen sollte. Bis zu diesem Moment wäre er nie im Leben auf die Idee gekommen, dass ausgerechnet die Kapitänin der Sturmpiraten die neue Freundin seines Onkels sein könnte. Die beiden passten doch überhaupt nicht zusammen! Oder? Mama sagte immer: »Gegensätze ziehen sich an.« Fritz hatte nie so richtig verstanden, was das heißen sollte, aber je länger er Klaus und Jacky anschaute, desto besser begriff er es. Die beiden wirkten tatsächlich sehr glücklich, und mehr konnte man sich eigentlich nicht wünschen.

Nachdem die Neuigkeit ein wenig gesackt war, gingen sie gemeinsam in die Kantine, um sich etwas zu essen zu holen. Der Automat funktionierte überraschenderweise wieder einwandfrei – was gut war, denn Fritz hatte mächtig Hunger und verputzte gleich zwei Portionen Schnitzel mit Pommes hintereinander.

Günther stibitzte ein riesiges Stück Spinatlasagne von Maris Teller und beschwerte sich hinterher, dass er Bauchschmerzen hatte.

Nach dem Essen gingen Klaus und Konstantin, die in ein Gespräch über Motorräder vertieft waren, an Deck, um sich etwas die Beine zu vertreten, während Jacky und die anderen noch ein wenig sitzen blieben. Sie waren noch etwa eine Stunde Fahrtzeit von Einöd entfernt. Jacky bestellte für die Freunde Kakao und für sich wie immer einen schwarzen Kaffee ohne Zucker, der diesmal sogar richtig temperiert aus dem Automaten kam.

»Wie lange geht das denn schon mit Klaus und dir?«, wollte Mari von Jacky wissen.

»Na ja, ehrlich gesagt, seit unserer Rückkehr von Huiselskroog«, antwortete die Kapitänin. »Er war so dankbar, dass wir ihn gerettet hatten, und wollte mich unbedingt zum Essen einladen. Wir haben uns auf Anhieb total gut verstanden und dann eben öfter getroffen. Klaus hat sich sogar einen Kostümschinken mit mir im Kino angeschaut.«

Fritz musste unwillkürlich grinsen. Jacky wirkte zwar immer cool und unerschrocken, aber sie hatte eine große Schwäche für kitschige Kostümfilme und -serien.

»Dann muss es wirklich Liebe sein!«, meinte Lena.

Jacky sagte nichts, aber ihr Lächeln sprach Bände.

»Warum habt ihr uns nicht schon früher davon erzählt?«, fragte Fritz.

Jacky zuckte mit den Schultern. »Das weiß ich selbst nicht so genau. Ich hatte immer eine bestimmte Vorstellung von meinem Traummann, und Klaus ist eben ganz anders. Nicht im Traum hätte ich mir ausgemalt, mal einen Wissenschaftler zu daten. Ich dachte, das wären alles langweilige Bücherwürmer.« Sie schnitt eine Grimasse. »Aber wenn ich eins von Penelope gelernt habe, dann dass man auf sein Herz hören muss.«

Voldi legte den Kopf schief und krächzte zustimmend.

»Heißt das, er ist jetzt eingeweiht?«, fragte Mari.

Jacky wiegte den Kopf hin und her. »Was die Sturmpiraten angeht, ja. Ich habe ihm noch nicht alles erzählt, weil ich unsicher war, wie er reagieren würde. Aber er hat es bis jetzt ziemlich gefasst aufgenommen. Er meinte, nach der Geschichte mit den Lumis würde ihn so schnell nichts mehr schockieren. Nicht mal ein Skelett, das als Hausmeister arbeitet.« Sie lachte. »Außerdem scheint er sich inzwischen daran zu erinnern, dass Mari euch damals aus der havarierten *Berta* gerettet hat. Vielleicht ist es also ganz gut, wenn ihr selbst mal mit ihm redet.«

Die Freunde nickten. Wenn sie Maris Mutter zurückholen wollten, konnten sie jede Hilfe gebrauchen, und Klaus hatte es verdient, endlich die Wahrheit zu erfahren. Aber vielleicht nicht gleich heute.

Sie schwiegen eine ganze Weile, und jeder hing seinen eigenen Gedanken nach. Draußen war es fast windstill, und das goldene Licht der untergehenden Sonne schien durch die Fenster in die Kantine. Nach einer Weile entschuldigte sich Jacky, angeblich weil sie ein paar Fotos machen wollte, aber wenig später konnten die Freunde durch eins der Fenster sehen, wie sie eng umschlungen mit Klaus am Geländer stand und sich den Sonnenuntergang anschaute.

»Echt romantisch«, seufzte Lena, diesmal ganz ohne ironischen Unterton.

»Falls du auch jemanden zum Kuscheln suchst, Konstantin wäre noch frei.« Fritz deutete auf ihren Freund, der tatsächlich einen Golfschläger mitgebracht hatte und, einige Meter von den Turteltauben entfernt, gerade seinen Aufschlag übte. Seine blonde Föhnfrisur saß dabei natürlich perfekt. Als er bemerkte, dass sie in seine Richtung schauten, winkte er ihnen freudig zu.

Lena verzog das Gesicht. »Nein danke. Er ist ja nett, aber ich bin allergisch auf Schnösel.«

Fritz glaubte zu sehen, dass ihr linker Mundwinkel dabei zuckte. Das tat er immer, wenn seine Zwillingsschwester log, allerdings wusste das nur Fritz.

Auf einem der anderen Kantinentische entdeckte er eine aktuelle Ausgabe des Einöder Käseblatts. Gleich auf der Titelseite war ein Bild von mehreren Lumis abgedruckt, die sich über die Lebensmittel in Frau Käsebrocks Kiosk hermachten.

Lena reckte den Hals. »Was steht denn drin?«

Fritz faltete die Zeitung auseinander und las vor:

Einöder Käseblatt

Samstag, 5. November

Lumi-Plage besiegt!

Was als harmloser Trend anfing, hat sich leider schnell zu einer echten Plage entwickelt (wir berichteten):*

Nachdem der erste Lumi in Einöd am Meer aufgetaucht war, kamen einige Einwohner auf die Idee, die kleinen leuchtenden Tintenfische als Haustiere zu halten. Sie sahen ja auch ausgesprochen drollig aus. Nur wenig später waren die Tiere in schätzungsweise jedem zweiten Haushalt zu finden. Entgegen der Warnungen des renommierten Meeresbiologen Dr. Nikolaus Bockelbrink war die Nachfrage nach den Tieren enorm. Die Zoohandlung Zur Hasenpfote *verzeichnete in den letzten Wochen ein Umsatzplus von 500 Prozent – Geld, das Matthias Hasenknopf nun in die Renovierung seines Ladens stecken muss. Denn die vermeintlich harmlosen Tintenfischchen sind, wie sich nun herausgestellt hat, nicht nur für die Verwüstung des Einöder Stadtparks, sondern auch einzelner Privathäuser und Ladengeschäfte verantwortlich. Auf Überwachungskameras konnte die Polizei erschreckende Szenen beobachten.*

Auch allergische Reaktionen häuften sich in den vergangenen Tagen, wie uns der Chefarzt des Einöder Krankenhauses, Prof. Cornelius Fleischhacker, bestätigte. Offenbar haben viele Bewohner ihre erworbenen Tierchen wieder ausgesetzt, weil sie mit ihnen nicht zurechtkamen. Dies hat das Problem verständlicherweise nur verschlimmert. Sogar Hunde weigerten sich plötzlich, ihre gewohnte Gassirunde zu gehen, weil sich überall Lumis tummelten.

Trotz des unermüdlichen Einsatzes der Sturmpiraten und Dr. Bockelbrinks war noch lange kein Ende der Plage in Sicht. Die Polizei hatte bereits Verstärkung aus Tründen angefordert, um den Massen Herr werden zu können.

Umso erstaunlicher ist es, dass das Problem sich nun quasi von selbst erledigt hat. In der Nacht von Freitag auf Samstag sind sämtliche Lumis ohne jede Spur verschwunden. Experten rätseln, wie das möglich sein kann, zumal die Tiere sich teilweise in abgeschlossenen Aquarien befanden. Und es wird noch mysteriöser: Genau zwischen zwei und drei Uhr morgens muss sich ein Stromausfall ereignet haben, sodass keine der infrage kommenden Überwachungskameras brauchbare Aufnahmen lieferte.

Wir werden das Rätsel vermutlich nie entschlüsseln, also freuen wir uns lieber, dass wir nun ein wenig durchatmen können. Der Vorfall wird in die Einöder Stadtchronik eingehen – und uns hoffentlich für die Zukunft eine Lehre sein. Unser Bürgermeister, der einen allergischen Schock erlitten hatte, konnte gestern aus dem Krankenhaus entlassen werden. Er fühlt sich wieder fit, wird sich aber noch einige Tage schonen (und freut sich übrigens über Blumen und Schokolade, aber bitte nur Vollmilch).

Helga Dinkel-Krämer, Einöd a. M.

** Anmerkung der Chefredaktion: Wir bitten die bisweilen konfuse Berichterstattung zum Thema zu entschuldigen. Unser Praktikant ist ein wenig übers Ziel hinausgeschossen. Ab sofort sind die Lumis Chefsache, auch wenn es in absehbarer Zeit hoffentlich keine Meldungen über neue Sichtungen geben wird.*

»Da hat uns die Unterwelt ja ein ganz schönes Chaos beschert«, meinte Lena.

»Allerdings«, sagte Mari nachdenklich.

»Glaubst du, deiner Mutter geht es gut?«, fragte Fritz.

Mari seufzte. »Ich denke, wenn ihr etwas passiert wäre, würde ich es spüren. Ich bin mir sicher, dass sie noch lebt. Sie war schon immer gut darin, sich zu verstecken. Vielleicht hat sie eine Möglichkeit gefunden, in der Schattenwelt unerkannt zu bleiben.« Sie schluckte. »Zumindest so lange, bis wir wissen, wie wir sie wieder zurückbringen können.«

»Wir helfen dir«, sagte Fritz fest entschlossen, und Lena nickte. »Dafür sind Freunde ja da.«

Epilog

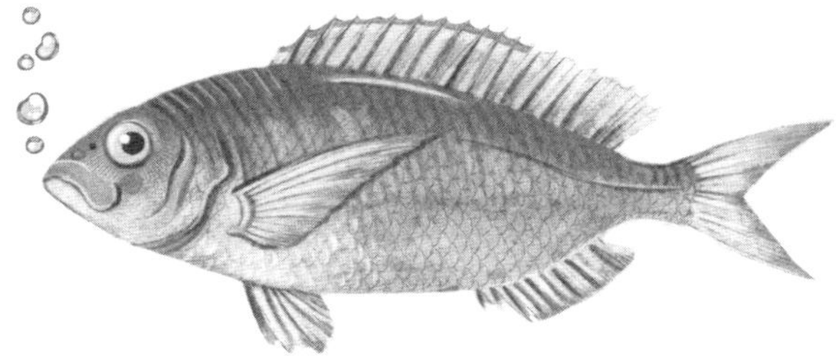

Er blickte in den großen Spiegel und hob erstaunt die Augenbrauen. Was er dort sah, war nicht sein Spiegelbild, sondern ein schwarzer Fluss, der durch eine dunkle Höhle rauschte. Inmitten der schwarzen Wellen hatte er soeben einen hellen Haarschopf erspäht.

Da! Tatsächlich klammerte sich nun eine Gestalt am Ufer fest, um nicht von der Strömung mitgerissen zu werden. Sie stemmte sich hoch und ging an Land, wobei sie eine Spur aus kleinen schwarzen Wasserpfützen hinterließ.

Er wunderte sich. Wie hatte sie es geschafft, den Fährmann zu überlisten? Diesem entging normalerweise kein unerwünschter Besucher – allerdings kam das ohnehin so gut wie nie vor, denn niemand, der bei klarem Verstand war, betrat freiwillig die Welt der Schatten.

Mit den spinnenartigen Fingern seiner linken Hand tastete er nach dem knöchernen Ring, der sich fest um den Ringfinger seiner rechten schloss. War sie etwa deswegen hergekommen? Er konnte sich nicht vorstellen, dass sie wirklich so dumm war. Um den Ring zu bekommen, würde sie ihn schon töten müssen.

»Sie hat wohl noch nicht genug, was?«, sagte er zu Nyx, die, zu seinen Füßen zusammengerollt, in einem Körbchen schlief und sich von den Strapazen erholte. Er kraulte ihren schuppigen Kopf und berührte fast zärtlich das verbundene Auge. Vermutlich würde sie damit nie wieder richtig sehen können, dachte er bekümmert. Und daran war bloß der Junge schuld.

Er ballte die Fäuste, bis die fahle Haut über seinen Knöcheln spannte. Wenn der Kerl ihm jemals über den Weg lief, würde er büßen, was er Nyx angetan hatte.

Aber bis dahin hatte es noch etwas Zeit. Bis es so weit war, konnte er sich auf den neuen Gast konzentrieren. Er verzog seine Lippen zu einem dünnen Lächeln. Penelope glaubte sicher, dass sie nicht bemerkt worden war. Nun, er würde sie für eine Weile in dem Glauben lassen. Und dann zuschlagen, wenn sie nicht damit rechnete. Er war ein Meister der Manipulation, und es würde ihm ein Leichtes sein, sie auf seine Seite zu ziehen.

Mit ihren Fähigkeiten konnte sie ihm sogar überaus nützlich sein. Wenn er es geschickt anstellte, würde er endlich das bekommen, wonach er sich seit Ewigkeiten sehnte.

Er hoffte nur, dass ihm diese Kinder nicht wieder in die Quere kommen würden. Obwohl, selbst wenn …

Gargor lachte. Es waren schließlich bloß Kinder.

ISBN 978-3-7348-4158-3

Die Zwillinge Fritz und Lena können es kaum fassen: Ihre schräge neue Mitschülerin Mari hat nicht nur einen frechen Seeigel als Haustier und scheint sich ausschließlich von Algen zu ernähren, nein, sie ist sogar eine waschechte Meerprinzessin. Mit einer hochgeheimen Mission. Sie muss Almaris, ihr Reich unter dem Meer, vor neugierigen Menschenaugen schützen, und dabei braucht sie dringend Hilfe …

Sprechende Schildkröten, geheimnisvolle Prophezeiungen und ein Abenteuer, das sich gewaschen hat!

ISBN 978-3-7348-4159-0

Gleich zu Schuljahresbeginn gibt es für Fritz, Mari und Lena eine coole Überraschung: Ihre Klasse macht einen Schulausflug auf eine kleine Insel mitten im Meer. Dort erfahren sie, dass irgendwo auf der Insel ein Piratenschatz versteckt sein soll: das Amulett des Poseidon. Doch sie sind nicht die einzigen, die das Geheimnis um den Schatz lüften wollen. Wer ist ihr gefährlicher Gegenspieler wirklich? Und was geschieht, wenn das magische Amulett in falsche Hände gerät? Eine rasante Jagd nach der Wahrheit beginnt …

Vorwitzige Seehunde, eine düstere Sturmnacht und ein Abenteuer voller Überraschungen!

Maris Abenteuer gibt es auch als Hörbücher!

ISBN 978-3-7348-7701-8

ISBN 978-3-7348-7702-5

ISBN 978-3-7348-7703-2

Ein spannungsgeladener Tauchgang
in die Tiefen des Ozeans
gelesen von
»Die drei ???«-Sprecher Jens Wawrczeck

Christiane Rittershausen, geboren 1983 in Erlenbach am Main, entdeckte schon früh ihre Leidenschaft fürs Schreiben – wovon nicht alle Lehrer begeistert waren, erst recht nicht, wenn sie in den Geschichten vorkamen. Nach dem Studium arbeitete sie als Lektorin in verschiedenen Kinder- und Jugendbuchverlagen, bis sie beschloss, wieder selbst zu schreiben. Die Geschichten über Mari und ihre Freunde sind ihre erste Kinderbuchreihe (und der eine oder andere Lehrer kommt auch darin vor).

Nina Dulleck, geboren 1975, ist Autorin und Illustratorin von Kinderbüchern. Wenn sie nicht gerade schreibt und zeichnet, hütet sie zusammen mit ihrem Mann eine wilde Horde von drei Kindern oder dreht lustige Clips rund ums Kinderbuch für ihren YouTube-Kanal.

Natürlich magellan©

Hergestellt in Deutschland
Gedruckt auf FSC®-Papier
Lösungsmittelfreier Klebstoff
Drucklack auf Wasserbasis

1. Auflage 2021

Illustrationen: Nina Dulleck
Umschlaggestaltung: Christian Keller
unter Verwendung einer Illustration von Nina Dulleck
Druck: CPI, Leck
ISBN: 978-3-7348-4160-6

www.magellanverlag.de